고대 그리스 서정시

세계시인선

29

고대 그리스 서정시

아르킬로코스, 사포 외

김남우 옮김

ΜΟΥΣΕΩΝ ΕΡΑΤΟΝ
ΔΩΡΟΝ
Ancient Greek Lyric Poets

일러두기

아래의 판본을 저본으로 삼았다.

1) M. L. West, *Iambi et Elegi Graeci*, Oxford, 1971, 1989(W로 약자)
2) E. Lobel & D. Page, *Poetarum Lesbiorum Fragmenta*, Oxford, 1955(LP로 약자)
3) J. M. Edmonds, *Lyra Graeca*, Harvard Univ. press, 1963(E로 약자)
4) C. M. Bowra, *Pindari carmina cum fragmentis*, Oxford, 1947.

차례

1 아르킬로코스[1]

1W

나는 에뉘알리오스 왕의 시종이며[2]
무사 여신들의 사랑스러운 선물에도 능통하다.

2W

창에서 내게 보리빵이 구워지고, 창에서 내게
이스마로스 포도주가 생겨, 창에 기대어 나는 마신다.[3]

3W

많은 활은 당겨지지 않을 것이고 투석기는
채워지지 않을 것이다.[4] 아레스가 들판에서 전쟁을
벌이면 슬픔으로 가득 찬 칼의 전투가 있을 것이다.
왜냐하면, 창으로 이름난 에우보이아의 왕들은
이런 전투에 능통하기 때문이다.

---

1 아르킬로코스는 서정시인으로, 그의 명성은 호메로스와 헤시오도스에
버금간다. 기원전 7세기 초 파로스섬에서 태어났으며, 오랜 세월 용병으로
살았다. 아버지는 희랍 귀족이었고 어머니는 트라키아 출신의 노예였다고
한다.
2 에뉘알리오스 왕: 전쟁 신 아레스의 다른 이름이다.
3 이스마로스 포도주: 이스마로스는 『오뒷세이아』 9권 39행 이하에 등장하는
키코네스족의 나라로, 포도주로 유명하다.
4 에우보이아의 왕들은 활이나 투석기가 아닌 창을 잘 쓰기로 유명한
전사들이다.

4W, 6행 이하

자 그럼, 술잔을 들고 빠른 배의 좌대를 지나   6
앞으로 나아가라. 속 깊은 술통에서 술을 따라
붉은 포도주를 남김없이 마셔라.
이런 야경(夜警)은 제정신으로 불가능하다.

5W

방패 때문에 사이오이족의[5] 누군 우쭐하겠지. 덤불 옆에
원친 않았지만 흠잡을 데 없는 무장을 버렸네.
그러나 내 몸을 구했네. 왜 방패를 염려하랴?
가져가라. 못지않은 것을 나는 다시 얻으리라.

11W

슬퍼한다고 치료될 것도 아니며, 즐거움과 잔치를
좇는다고 해서 나빠질 것도 아니기 때문이다.[6]

13W

페리클레스여, 슬픔의 시련에 불평한다면 시민 누구도
잔치를 즐길 수 없을 것이며 도시 또한 그러할 것이다.

---

5 사이오이족 : 트라키아의 부족.
6 플루타르코스가 전하는 바로는 아르킬로코스의 매부가 죽었을 때 부른
시다.

8

큰 소리로 울어대는 바다의 파도가 좋은 분들을
삼켜 버렸다. 우리는 고통으로 가슴을 적신다.
그러나 신들은 치유할 수 없는 시련에   5
친구여, 강인한 인내를 처방으로 정하셨다.
때는 달라도 모두가 이런 일을 겪게 마련인걸.
지금은 우리가 피 흘리는 상처로 통곡하지만
다시 다른 이들에게로 돌아설 것이다. 그러니 어서
견디어라. 여자 같은 슬픔은 던져 버리고.   10

14W

아이시미데스여, 마을 사람들의 비난을 걱정한다면
누구도 많은 즐거움을 누리지 못할 것이다.

19W

나는 귀게스의[7] 황금 가득한 재산에 신경 쓰지 않는다.
부러움이 나를 사로잡지도, 신들이 그를 위해 한 일에
질투하지도, 위대한 왕이 되기를 바라지도 않는다.
그것들은 내 눈 밖 멀리 있기 때문이다.

---

7 귀게스 : 뤼디아의 왕으로, 아르킬로코스에게 그는 막대한 부를 소유한
권력자의 대명사다. 그는 기원전 687년에서 652년 사이에 뤼디아를
통치했다.

24W

당신은 작은 배로 고르튄에서[8] 기나긴

항해를 완수하고 이렇게 다시 돌아왔다.

(이하 3~10행 판독 불가)

나는 그런 친구를 다시 찾을 수 없으리다.   11

만약 바다가 커다란 파도로 당신을

집어삼킨다면 혹은 적의 손에 맞아 쓰러져

생기 넘치고 사랑스러운 생명을 잃는다면.

이제 신이 당신을 보호하여,   15

— 나를 홀로 두고 — 다시 돌아오니,

어둠 속에 누워 있는 나는

다시 빛으로 끌어내어졌다.

26W, 5~6행

아폴론왕이여, 죄지은 자에게 역병을 내리소서.

파괴자여, 그들을 파멸에 이르게 하소서.

94W, 1~3행

                                        싸움을 도우러 온

번개를 던지는 제우스의 따님 아테네는

---

8 고르튄 : 당시 크레타섬의 주요 도시 가운데 하나다.

비명을 지르는 군대에 용기를 북돋아 주었다.

105W
글라우코스여, 보라. 바다가 높은 파도로 어지럽고
귀라이[9] 산정은 폭풍의 징표 구름을 주위에 두르고[10]
곧추 솟아 있다. 두려움은 예기치 못하게 닥쳐온다.

114W
나는 키 크고 두 다리를 넓게 벌리고 서 있는,
머리카락을 뽐내며 면도한 장군을 좋아하지 않는다.
차라리 키가 작더라도, 보기에 다리가 굽었더라도
두 발로 굳건히 서 있는 용기로 가득 찬 사내이기를.

120W
나는 포도주로 마음에 벼락 맞아 디오뉘소스왕의
아름다운 노래 디튀람보스를[11] 이끌 줄 안다.

122W, 1~9행
기대하지 못할 일도, 믿기에 맹세 불가능한 일도,

---

9 귀라이 : 에게해 파로스섬 북쪽에 위치한 섬이다.
10 트라키아인들과의 전쟁을 앞두고 부른 노래다.
11 디튀람보스 : 디오뉘소스 찬가를 가리킨다.

놀랄 일도 없다. 올림포스 신들의 아버지 제우스는
빛나는 태양의 빛을 숨겨서 한낮에 밤을 만들었으며[12]

슬픔을 가져올 두려움이 온 세상에 다가왔다.
그래서 무슨 일이든 인간은 믿고 기대하게 되었다.　　5
너희 누구도 놀라지 마라. 들짐승이 돌고래와
바다 속의 집을 바꾼다 해도, 그리고 들짐승에게
노호하는 파도가 땅보다 풍요롭고, 돌고래에게
숲이 우거진 언덕이 풍요롭게 된다 해도.

124W
너는 물을 타지 않은 포도주를 많이도 마신다. 하지만
페리클레스, 너는 이에 아무런 기여도 하지 않았다.
게다가 너는 손님으로 초대받지 않고 찾아왔다.
네 위장에 네 정신과 마음은 부끄러움도 모른다.

126W
　　　　　　　　　　나는 큰 것 하나를 알고 있다.
나에게 나쁘게 한 사람을 끔찍한 악으로 되갚아 주는 일.

12　기원전 648년 4월 6일이거나 기원전 647년 4월 5일, 혹은 기원전 660년
6월 27일에 일어난 일식을 가리킨다.

128W

어쩔 도리 없는 고초에 시달린 마음, 마음아!
일어서라! 적의에 가득 찬 적들에 대항하여
가슴을 펴고 너 자신을 지켜라! 적들의 매복 근처에
굳건히 세워진 너, 이겼다고 떠벌려 우쭐하지 말며
패했다고 집에 누워 슬퍼 마라! 기쁜 일에 기뻐하고   5
슬픈 일에 슬퍼하되 지나치게 그러하지는 마라!
어떠한 성쇠가 사람들을 장악하는가를 깨달아라.

130W

신들에게 모든 것은 간단하다. 종종 불운으로부터
검은 대지에 누워 있던 사람을 일으켜 세우고
종종 몰락시킨다. 당당한 걸음으로 잘나가던 사람을
눕게 만들고, 그에게 많은 슬픈 일이 생기게 하니
궁핍으로 방랑하고 정신은 사나워진다.   5

131+132W

죽을 운명의 인간들에게 마음은, 렙티네스의 아들
글라우코스여, 제우스가 가져오는 그날그날에 달렸다.
인간들이 부딪는 현실이 그들의 생각을 결정한다.

133W

사람들 가운데 누구라도 죽고 나면 존경도 명성도 얻지
못하리라. 차라리 우리는 살아 있는 동안 삶의 은총을
좇으리라. 가장 나쁜 것은 언제나 죽은 사람의 몫이니.

172W

아버지 뤼캄베스여,[13] 당신은 무얼 생각하십니까?
예전에 당신이 가지고 계시던 현명함을
어지럽게 하는 이 누구입니까? 이제 당신은
마을 사람들에게 큰 웃음거리가 되었습니다.

188W

너의 곱던 살결을 예전처럼 꽃피우지 못하는구나.
주름져 시들었으며 늙어 흉하게 되었구나.
그리웠던 얼굴에서 달콤한 사랑이 시들어 버렸구나.
무척이나 자주 겨울바람, 수많은 바람이 불어온다.

---

13 뤼캄베스: 아르킬로코스의 약혼녀 네오불레의 아버지다. 뤼캄베스는
아르킬로코스와의 약혼을 무슨 이유에서인지 깼으며, 이에 격분한
아르킬로코스는 뤼캄베스를 공격하는 비방시를 지었다. 비방시 때문에
뤼캄베스와 네오불레는 자살한다.

191W
사랑을 향한 욕망이 마음을 휘감아
눈에 수많은 안개를 쏟아붓는다.
가슴에서 여린 마음을 훔쳐내며.

193W
그리움에 상처 입고 나는 누웠다.
넋을 잃은 채 신들이 가져다준 쓰라린
고통이 뼈마디에 사무치도록

196aW
(1~2행 내용 미상)
만약 너의 마음이 원하는 곳으로 너를 이끈다면
우리 집에는
지금 결혼하기를 무척 원하는   5
아름답고 고운 처녀가 있다. 내가 보기에 그녀는
흠잡을 데 없이 아름답다.
그녀를 너의 것으로 삼아라.
그녀가 그렇게 말했고 나는 대답했다.
"훌륭하고 현명한   10
암피메스의 딸이여
지금 젖은 대지에 여인은 누워 있고,

여신의 즐거움이
젊은 사내들에게 있다.
신적인 것들 말고 이 즐거움이 하나다.   15
그것들을 침묵 속에서
어둠이 찾아올 때까지
나와 너는 신들의 도움 받아 숙고할 것이다.
나는 네가 명하는 것을 따를 것이다.
(내용 미상)   20
담 아래 그리고 문 아래
나를 버리지 마라. 나의 사랑.
풀밭으로 데려갈 것이다.
분명히 알아라. 네오불레는
다른 놈이 가져가라.   25
익을 대로 익어
처녀의 꽃송이는 시들었다.
예전에 그녀에게 있던 우아함마저.
그녀는 욕망을 어쩌지 못한다.
색정에 미친 여인, 젊음의 끝을 보여준다.   30
지옥에나 떨어져라.
(내용 미상)
어찌 그런 여자를 얻어 이웃의
조롱을 받겠는가?

나는 너를 무척이나 원한다.   35
너는 믿음이 없지도 이중적이지도 않지만
그 여자는 무척이나 약삭빨라
많은 남자를 자신의 것으로 만들었다.
나는 서두르다가
개처럼 눈멀고 미숙한 것들을   40
낳을까 두렵다."
나는 이렇게 말하고 피어난 꽃들 가운데
처녀를 붙잡아 눕혔고
부드러운 망토로
그녀를 덮으며 팔로 목을 감쌌다.   45
그녀는 두려움으로 도망하지 못하는
어린 사슴처럼 굳어 버렸다.
손으로 부드럽게 그녀의 가슴을 쥐었으며
그녀는 젊음의 매력인
풋풋한 살결을 모두 드러내었고   50
나는 그녀의 아름다운 육신을 느끼며
뜨거운 생명을 쏟아부으며
금빛 머리카락을 어루만졌다.

누워 있는 아르킬로코스 조각(기원전 500년경)

2 칼리노스[1]

1W

언제까지 누워 있는가? 언제 굳은 용기를 가지는가?
청년들아! 이웃에게 부끄럽지 않은가?
그렇게 한가롭게 태평하게, 평화 시처럼 여유롭게
앉아 있는가? 전쟁이 우리 강토를 위협하는데도?
죽어가며 마지막 힘을 다해 그가 창을 찌르기를!   5
자식과 결혼한 여인을 위해, 조국을 위해 싸울 때
나가 싸우니 남자에게 명예와 영광을 줄 것이다.
죽음은 다만 그날에 올 것이며, 모이라[2]가 정한 날에
닥쳐올 것인즉, 다만 누구든지 앞으로 나아가라!
창을 꼬나들고, 강인하고 굳센 용기를 방패 아래   10
두어라! 이제 곧 전쟁이 시작될 것이다.
죽음을 영원히 피하는 것은 인간에게 불가능하며
불멸의 신들에게서 태어난 이들도 그러하다.
종종 두려움을 일으키는 전쟁 굉음을 피해 살아남아
도망쳐 돌아오는 자에게 집에서 죽음이 기다린다.   15
이런 자를 사람들은 사랑하지도 그리워하지도 않는다.

---

1 칼리노스는 기원전 7세기 중엽에 살았던 희랍 시인으로, 고향은
에페소스다. 이행시 형식의 엘레기를 주로 썼다. 소아시아의 희랍 식민지들이
아시아인들에게 위협당하여 에페소스마저 적들 손에 떨어질 위기가 오자,
칼리노스는 조국 청년들에게 용감하게 적들을 맞아 싸울 것을 권고한다.
2 운명의 여신.

백성들 모두는 대범하고 용맹한 사람이 죽으면,
그가 쓰러지면 크게 슬퍼한다.
그는 커다란 그리움이며, 살았다면 반신(半神)이다.
사람들은 그를 마치 거대한 탑처럼 본다.   20
그는 여러 사람이 할 일을 혼자 해치운다.

3 튀르타이오스[1]

2W, 12~15행

크로노스의 아드님, 제우스, 헤라의 남편 되시는
분께서 헤라클레스의 자손들에게 이 도시를 주셨다.
이것들로 우리는 바람이 몰아치던 에리네우스[2]에서
넓디넓은 펠롭스의 섬[3]에 이르게 되었다.

4W

포에보스에게 듣고 퓌토에서 집으로 돌아오며
그들은 예언과 이루어질 말씀을 가져왔다.
"신들에게 명예를 받은 왕들이 민회에서 먼저 말하라.
그들에게 사랑스러운 스파르타가 맡겨졌다.
이어 먼저 태어난 원로들이, 그리고 이어 백성들이   5
대답하여 옳게 바로 선 말로써 발언하되,
아름다운 것을 말하고 언제나 정의로운 것을 제안해라.
국가에 대해 비뚤어진 생각을 내놓지 마라.
그러면 백성과 민중에게 승리와 권력이 따를 것이다."
포에보스는 이 나라에 이리 말씀하신다.   10

---

1 튀르타이오스는 기원전 7세기 희랍 시인으로, 2차 메세나 전쟁(기원전
669~660년)이 있었을 때 스파르타에서 활동했다. 주로 전쟁에 나아가
용감하게 적에 맞서 싸울 것을 젊은이들에게 독려하는 엘레기를 남겼다.
2 마케도니아 서부 지역에 있던 도리아인들의 옛 도시다.
3 "펠롭스의 섬"은 펠로폰네소스를 가리킨다.

5W

신들의 사랑을 받는 우리의 왕 테오폼포스를 따라
우리는 길이 넓은 메세나를 정복한다.
밭을 잘 갈고 작물을 잘 길러내는 메세나를.
예전 십 년에 구 년을 더하여 이를 두고 싸웠나니,
멈춤도 없이 계속해서 고통을 견뎌내는 용기를 갖고   5
우리 아버지의 아버지들은 창수(槍手)로 싸웠나니.
이십 년이 될 적에 적들은 풍성한 대지를 버리고
도망하였다. 높은 산봉우리의 이토메[4]를 떠났다.

6W

커다란 짐을 끌고 가는 나귀처럼
그들은[5] 고통스러운 강압 때문에 주인들에게
대지가 가져다준 수확의 절반을 내주어야 한다.

7W

죽음의 운명이 주인을 잡아갈 때마다 부인들과
더불어 그들 자신이[6] 주인을 애도한다.

---

4 펠로폰네소스 메세나 지방에 위치한 산이다.
5 메세나인들을 가리킨다.
6 메세나인들을 가리킨다.

10W

전선 맨 앞에서 쓰러져 죽는다면 죽음은 아름답다.
그는 조국을 위해 싸운 훌륭한 사람이다.
반면 제 조국과 풍요로운 토지를 포기하고
구걸하는 것은 가장 치욕스러운 고통을 가져다준다.
더군다나 사랑하는 어머니와 늙은 아버지와   5
어린 자식들과 아내와 함께 정처 없이 떠돈다면.
그가 찾아가는 사람마다 굶주림과
가난에 시달리는 그의 식구들을 미워한다.
집안은 창피당하고 빛나던 체면은 상처를 입는다.
불명예와 치욕이 그와 동반한다.   10
남자가 고향을 잃고 떠돌아다닐 때 어떤 사려도
어떤 존경도 없으며 그의 자손도 그러하다.
이제 우리 이 땅을 위해 용감하게 싸우자! 자손을 위해
죽되 겁먹은 영혼으로 움츠리지 말자!
청년들아, 싸우라! 서로서로 맞잡고 버티어라!   15
추한 도피나 흉한 도주를 시작하지 마라!
커다란 용기와 강인한 용맹을 보여주어라!
사람들과 붙어 싸움에 몸을 아끼지 마라!
더는 무릎이 가볍게 움직이지 않는 나이 먹은
노인네들을 버려두고 도망하지 마라!   20
나이 먹은 노인네가 젊은이보다 앞으로 나아가

엎치락덮치락 전투에서 죽는다면 부끄러운 일이다.
벌써 머리에는 흰 눈이 내리고 수염은 은발인 사람이
용감하게 먼지 속에서 숨을 몰아쉬고 있고
손으로 피 묻은 아랫도리를 움켜쥐고 —   25
이 얼마나 보기에 끔찍하고 흉측한 그림인가?
옷은 벗겨졌다. 젊은이들에게는 모든 것이 가능하니
사랑스러운 젊음의 싱그러운 꽃을 가지고 있다.
남자들은 그 모습에 감탄하고, 여인들에게 살아생전
사랑받으며, 전투의 선두에 서 있으니 아름답다.   30
그러니 이제 앞으로 나아가 두 발 굳건히 땅을
딛고 서 있어라! 이를 앙다물고 각오를 다져라!

11W
그러니 너희는 백전백승 헤라클레스의 자손일지라,
용기를 가져라. 제우스는 고개를 숙이지 않으셨다.
적들의 머릿수에 겁먹지 말고 두려워하지 마라!
남자답게 너의 방패를 잡고 앞으로 나아가라!
혐오스러운 삶을 살지 말며, 죽음의 검은 힘이   5
마치 내리쬐는 태양 빛처럼 달갑게 되기를.
너희는 많은 눈물을 가져오는 아레스의 끔찍한 일을
보라. 힘겨운 전쟁의 본성을 잘 보아 두어라.
너희는 도망치는 자들과 쫓는 자들과 함께했고

젊은이들아, 양쪽의 잔을 잔뜩 마셨다.　　　　10
어떤 사람들은 다른 사람들과 어울려 견디어내며
전열의 맨 앞으로 나아가 적과 맞붙어 싸웠다.
이들은 가장 적게 죽었으며 뒤쪽 동료들을 구했다.
뒤로 물러서는 사람들은 모든 용기를 상실한다.
창피한 일을 행한 사람에게 생겨나는 나쁜 일을,　　15
그 모든 고통을 누구도 일일이 묘사할 수 없으리다.
끔찍한 전쟁터에서 도망치는 사람의 등을 뒤에서
때리기를 놓치지 않으리다.
먼지를 뒤집어쓰고 쓰러진 사내에게 추한 일은
창끝이 뒤에서 그를 관통하는 것이다.　　　　20
그러니 이제 앞으로 나아가라, 굳건한 두 다리로
대지를 딛고 서라. 입술을 야무지게 앙다물어라.
아래로 허벅지와 정강이, 위로 가슴과 어깨를
등이 넓은 방패의 널찍한 배로 가리고
오른손으로 강력한 창을 멀리 던져라.　　　　25
투구 깃털은 강력히 움직이게 하라.
강력한 일을 행하여 싸우는 일을 배워라.
방패 가진 자는 날아드는 창에 몸을 내밀지 말며
다만 가까이 긴 창을 앞세우고 앞으로
혹은 칼로 사나운 적을 때려잡도록 하라.　　　30
발에 발을 맞대고 방패에 방패를 맞붙여 들고

투구 깃털과 깃털을, 투구와 투구를 맞대고
가슴을 가슴에 밀착하고 적을 맞아 싸워야 한다.
아니면 칼자루를 혹은 긴 창을 손에 쥐고.
보병들아, 너희는 다른 사람의 방패 뒤에 몸을   35
숨기고 커다란 돌멩이들을 던져라.
잘 다듬은 창을 적들을 향해 던져라. 그리고
중무장을 갖춘 사람들 뒤에 몸을 붙여라.

12W
발이 행한 업적이나 권투에 뛰어나다고 해서
그 사람을 이야기하거나 훌륭하다고 나는 여기지 않겠다.
그가 비록 퀴클롭스[7]의 몸집과 힘을 가졌으며,
트라키아의 북풍보다 더 빨리 달린다 해도.
그가 비록 티토노스[8]보다 용모가 뛰어나며,   5
미다스와 키뉘라스[9]보다 더 부유하다고 해도.
그가 탄탈로스의 아들 펠롭스보다 당당한 위엄이 있거나,

---

7 외눈박이 괴물이다.
8 새벽의 여신 에오스의 남편으로 멤논이란 아들을 두었다. 새벽의 여신은
남편을 위해 영생(永生)을 제우스에게 허락받았으나 젊음을 함께 소원하는
것을 잊었다. 그는 계속 늙어 갔고 마침내 매미로 변했다.
9 퀴프로스섬을 다스리던 신화적 인물이다.

또 아드라스토스[10]처럼 친절하게 말한다 해도.
모든 명성에도 그가 강력한 전투 명성이 없다면 말이다.
만약 피비린내 나는 살육을 지켜볼 용기를 가지거나   10
끓는 의욕으로 적군에게 돌진하지 않는다면,
그에게는 전쟁의 덕이 생기지 않기 때문이다.
그것이 덕이며 그것이 인간의 최고 가치이며
모든 젊은이가 성취해야 할 가장 훌륭한 것이다.
도시와 공동체 전체에게 공동의 행복을 주는 것은   15
전선 맨 앞에 두 다리로 버텨 동요하지 않고
꿋꿋이 서고, 치욕적인 도주를 완전히 잊어버리는 것,
자신의 삶과 다스려진 의지를 걸고서,
옆 사람에게 격려의 말로 힘을 주는 것이다.
그런 사람은 전쟁에서 덕을 가진다.   20
그는 엄청난 무리의 적군을 즉시 격퇴하고,
전투의 파도가 그의 열정에 부서진다.
그러나 고향 도시와 동료, 부친에게 영광을 바치면서,
가슴 방패와 등 방패에
앞으로는 갑옷에 여러 군데 찔린 채,   25
경쟁자들 사이로 쓰러져 자신의 귀한 삶을 잃는 사람,
그런 사람은 늙은이나 젊은이나 다 같이 한탄하고

---

10 아르고스의 왕이다.

도시 전체가 짓누르는 그리움으로 슬퍼한다.

사람들은 그의 무덤과 자손에 경의를 표하고

이후에도 그 자손의 자손과 그의 가문을 기억한다.　　30

그의 고귀한 명성과 이름은 사라지지 않을 것이며

땅속에 묻혀서도 불멸의 존재가 될 것이다.

조국과 자손을 위해 전투에서 눈부시게 활약하다

폭풍 같은 아레스에 의해 쓰러진 사람.

그러나 쓰라린 죽음의 운명이 그를 비껴가　　　　　35

번쩍이는 창의 승리를 그가 당당히 획득한다면,

젊은이나 늙은이나 모두로부터 똑같이 칭송받고,

하데스의 세계로 가기 전까지 많은 즐거움을 누리리라.

그는 늙어서는 국민에게 존경받고, 누구도

그의 명망과 권리를 손상시키지 못한다.　　　　　40

긴 의자에 앉아 있던 젊은이와 동년배와 또

더 나이 많은 이들도 모두 다 그에게 자리를 내준다.

그토록 고귀한 가치에 도달하도록 노력하여

전쟁에서 전투 의지를 포기해서는 아니 될 것이다.

4 알크만[1]

1E

(1~15행 내용 미상)

인간의 야욕이 하늘을 날아선 안 된다.   16

인간은 파포스의 주인 아프로디테와

결혼해선 안 된다. 바다 신 포르코스[2]의

어여쁜 딸들 가운데 한 명과도 결혼해선 안 된다.

사랑스러운 속눈썹을 가진 카리스 여신들만이   20

제우스의 집에 발을 들여놓는다.

(22~35행 내용 미상)

하늘의 보복이 있을 것이다.   36

눈물 없이 즐겁게 하루를 직조하는

사람은 행복하다.

나는 노래한다.

아기도의 빛나는 불꽃을. 내 눈에   40

아기도는 그녀의 증인이 될

태양처럼 빛난다. 나는 그녀를

칭송도 비난도 도무지 할 수 없다.

그녀는 합창대의 빛나는 지휘자다.

---

1 알크만은 스파르타 출신의 합창 시인으로, 기원전 7세기에 가장 활발히
활동했다. 알렉산드리아에서 편찬된 희랍 서정시 선집에 들어간 아홉 명의
희랍 대표 시인들 가운데 한 명이다.
2 바다 노인 네레우스의 다른 이름이다.

마치 경기장에 나선 번개 같은 승리자,   45
바위 덮인 산에 사는
야생 나귀들 가운데 굳건한
경주마와 같다.
쩌렁쩌렁 울리는 말발굽.

보이지 않는가? 저 경주마는   50
에네티[3] 출신이다.
내 사촌
하게시코라의 머리카락은
마치 순수한 황금처럼 꽃피었다.
은빛의 얼굴이며,   55
왜 내가 당신에게 이를 말하는가?
하게시코라는 그러하다.
그녀는 아기도 다음으로 아름답다.
이베니아 말 옆에 선 콜락사 말과 같다.
새벽의 떠오르는 플레이아데스는,   60
오르티아에게 외투를 바치는 우리에게
암브로시아의 밤 내내 천랑성처럼

---

3 '에네티'는 아마도 '베네티'와 같은 이름으로 보이는데, '베네티'는 오늘날
북이탈리아의 베니스 지역을 가리킨다.

싸움을 걸어온다.

자줏빛 의상들이
적들을 막아내기에 충분하지 않으며,   65
복잡하게 얽힌 황금의
뱀들도 그러하며, 큰 눈방울의
소녀들을 위해 뤼디아에서
가져온 머리띠도,
난노의 머리카락도,   70
여신 같은 아레타도,
쉴락키스도 클레에시세라도 없다.
아이네심브로타에게 찾아가 말하지 마라.
"아스타피스가 제 것이기를
퓔릴라가 여기를 쳐다보기를   75
다마레타와 사랑스러운 이안테미스가."
하게시코라가 나를 지켜줄 것이다.

발목이 더없이 아름다운
하게시코라가 여기 있지 않은가?
아기도와 함께 머물러   80
우리의 축제를 칭송하지 않는가?
신들이여, 저희의 소망을

들어주소서. 성취를 주관하시니.
마지막으로 나는 놀라운 것을
말한다. 나 자신도 또한   85
소년일 뿐, 마치 지붕 위에서
울어대는 부엉이와 같이. 하지만 나는
누구보다 새벽 여신이 기뻐할 노래를 한다.
우리의 고통을 치료한 여신이다.
하게시코라를 통하여 소녀들이   90
사랑스러운 평화의 길을 걸어간다.

마차 경주에서처럼
꼭 그렇게 소녀들은
그녀를 따라 달려야 하며,
배에서도 키잡이에 주목하듯   95
모두가 그녀를 따라야 한다.

그녀는 세이렌들을
능가할 목소리를 갖지 못했으니,
여신들을 인간의 자손이 능가할까.
하지만 그녀의 목소리는 크산토스강   100
황금 강물의 백조처럼 울린다. 그녀는
황금의 머리카락을 묶어.

8E

무사 여신들이여, 맑은 소리의 무사 여신들이여,
언제나 다양한 곡을 만들어내는 분들이여,
소녀들을 위해 새로운 곡을 시작하소서.

26E

달콤하고 매혹적인 목소리를 가진 소녀들이여,
다리는 내 늙은 몸을 지탱하지 못한다.
만약 내가 물총새라면 나의 짝과 함께 마음에
두려움 없이, 붉은빛의 신성한 새가 되어
파도의 왕관을 차고 날아오르련만.

43E

제우스의 따님, 칼리오페여, 오십시오.
사랑스러운 노래를 시작하십시오. 아름다움으로
우리의 노래를, 우아함으로 우리의 춤을 꾸미십시오.

사포(로마의 네로 황제 시대에 그려진 품페이의 프레스코 벽화)

5 사포[1]

1LP

화려한 권좌에 앉으신 불멸의 아프로디테여,
꾀가 많은 제우스의 따님이여, 간청하오니
저의 영혼이 고통과 시련으로 소멸치 않도록
주인이여, 돌보소서.

하니 저에게 오소서. 예전에 한 번 다른 때에도   5
하늘 멀리서 저의 간청을 들으시고
오셨을 적에, 아버지의 황금으로 된 집을
떠나 오셨지요.

마차를 끌도록 멍에를 지우고. 당신을 아름답고
빠른 새들이 검은 빛의 대지 위로   10
굳건한 날개를 휘둘러 하늘의 대기를
지나 모시고 왔지요.

그들은 여기로 내려왔고, 불멸의 표정으로
복 받은 여신이여, 웃음으로 물으셨지요.

---

1 사포는 기원전 630년 혹은 612년경에 태어나 기원전 570년에 죽은 희랍
시인이다. 고향은 레스보스섬의 뮈틸레네다. 알렉산드리아 학자들이 정리한
희랍 대표 서정시에 포함된 아홉 명 가운데 하나다. 혼기에 이른 소녀들을
가르치는 동아리의 대표를 맡아 소녀들을 교육했다.

저에게 또 무슨 일이 일어나길, 왜 제가   15
다시 당신을 부르는지

놀라운 가슴으로 무엇이 나에게 일어나길
진정 원하는지. "내가 누구로 하여금 다시
너를 사랑하도록 만들어야 하는가? 너에게
불의한 자가 누구냐, 사포여   20

그녀가 너를 피한다면, 너를 곧 따를 것이며
너의 선물을 받지 않는다면, 곧 선물할 것이며
너를 사랑하지 않는다면, 너를 곧 사랑할 것이다.
그녀가 원치 않더라도."

이제 제게로 오소서. 저를 힘겨운 근심에서   25
풀어 놓으소서. 저의 마음이 원하는 것을
이루어 주소서. 여신이여, 당신이
저의 전우가 되어 주소서.

2LP
이리로, 이곳 신성한 신전으로, 거기에
사랑스러운 사과나무가 숲을 이루고
순결한 불에 타는 향기로운 향이 가득한

신전으로 오소서.

여기에 차가운 이슬이 사과나무 가지를   5
타고 흐르고, 풀밭에 무성한 장미넝쿨이
그늘을 드리우고, 졸음이 윤기 흐르는
잎에서 듣고

여기에 말을 먹이는 풀들이 무성하고
봄을 맞은 꽃들로, 바람은 달콤한 향기를   10
전하고
(내용 미상)

여기로 오소서. 퀴프로스²를 다스리는 강력한
주인이여, 축제의 즐거움으로 가득한
신주(神酒)를 황금 잔에 채우시고 우리를 위해   15
술을 따르소서.

5LP, 1~7행
퀴프리스여,³ 네레우스의 딸들이여, 나의

---

2 아프로디테에게 바쳐진 섬이다.
3 아프로디테의 다른 이름이다.

형제가 건강히 이곳으로 돌아오게 하고
그가 바라는 모든 것을 이루도록
기원합니다.
그가 이전에 잘못한 것 모두를 바로잡으며   5
친구들에게 기쁨이 되며
적들에게는 슬픔이 되길

15LP, 9~11행
퀴프리스여, 이제는 그녀가 당신을 무섭게 생각하길.
더 이상 그녀가 사랑스럽게 떠들지 못하게 하소서.
그리운 사랑을 다시 찾아 그가 돌아왔노라고.

16LP, 1~20행
어떤 이들은 기병대가, 어떤 이들은 보병대가
어떤 이들은 함대가 검은 대지 위에서
가장 아름답다 하지만, 나는 사랑하는 이라
말하겠어요.

이를 모든 이들에게 입증해 보이는 것이야   5
참으로 쉬운 일. 그런즉 아름다움으로
인간을 압도하는 헬레네는 누구보다
뛰어난 남편을

버리고 트로이아로 배를 타고 떠났지요.
그녀는 자식 그리고 사랑하는 부모들을   10
까맣게 잊었지요. 그녀를 납치하여

(12~14행 내용 미상)

그리하여 그녀는 나로 하여금 멀리 떨어진   15
소녀를 떠오르게 하지요.

나는 그녀의 사랑스러운 걸음걸이와
얼굴에서 빛나는 불꽃을 보고 싶으니,
뤼디아의 전차와 중무장을 갖춘 보병을
보기보다는.   20

17LP, 1~12행
기도하는 저의 소원을 들어주소서.
여신 헤라여, 자비로운 모습으로 오소서.
예전에 아트레우스의 아들들[4]에게
그러하였던 것처럼

---

4 트로이아 원정군을 이끌었던 희랍군 사령관 아가멤논과 그의 동생
메넬라오스를 가리킨다.

그들이 마침내 트로이아를 점령하고   5
일리온으로부터 출발하였을 때,
바다에서 그들은 안전한 귀향을
확신하지 못했습니다.

그들이 당신과 제우스에게 기원을 올리고
튀오네⁵의 성스러운 아들을 부르기 전에는.   10
예전에 그러하였던 것처럼 ——
지금도 다시 저에게

31LP
내 보기에 저기 앉은 저 사내는 신들과
닮은 장부일세. 그는 너의 맞은편에
앉아 너의 달콤한 목소리에
귀를 기울여 들으며,

너의 매혹적인 웃음에. 나의 심장은   5
가슴속에서 멈추어 버렸다.
너를 잠시 잠깐 바라보니, 나의 목소리는
막혀 버리고

---

5 튀오네는 세멜레의 다른 이름이며, 세멜레는 디오뉘소스의 어머니다.

40

나의 혀는 굳어 버리고, 가벼운
불꽃이 나의 살갗을 덮으며   10
나의 눈은 앞을 보지 못하고 윙윙 우는
소리가 귓가에 맴돈다.

그리고 땀이 온몸을 적시고, 전율이
온몸을 타고 흐른다. 풀밭의 풀처럼
파랗게 질려 나는 죽은 사람이다   15
나에게 그리 보인다.

하지만 모든 것을 이겨낼 수 있으니, 왜냐하면

34LP
달의 아름다움을 돌고 돌아 맴도는 별들,
달이 가득 차올라 환한 은빛을 대지에 비출 때에
밝은 모습의 자신을 감추노니

44LP, 5~34행
"헥토르와 전우들이 아름다운 눈을 가진 여인을,   5
신성한 테베[6]와 마르지 않는 샘의 플라키아에서

---

6 보이오티아의 테베 혹은 이집트의 테베와 구별하여 흔히 킬리키아의

어여쁜 안드로마케를 배에 싣고 바다를 건너 데려온다.
무수히 많은 금팔찌와 진홍빛으로 빛나는 허리띠와
향기로운 냄새를 풍기는 형형색색의 장난감들
은으로 만든 술잔도 셀 수 없고 상아도 그렇다." 　　　10
전령은 말했고 사랑하는 아버지는 바삐 뛰어왔다.
소식은 넓은 길을 따라 도시의 친구들에게 도착했다.
그래 트로이아 청년들이 정교한 바퀴의 수레를 묶었다.
무리 지어 여인들과 복사뼈가 어여쁜 소녀들이 올랐다.
프리아모스의 딸들은 자기들만 따로 수레를 타고 　　　15
모든 결혼하지 않은 남자들은
마차에 묶인 말들을 끌었다.
(18~23행 내용 미상)
달콤한 소리의 피리들과 칠현금들이 서로 섞이고
짝짝이도 함께 소리 낸다. 소녀들은 맑은 소리로 　　　25
밝게 노래하고 맑은 하늘까지
우렁차게 울려 퍼진다.
길거리 여기저기에
술을 섞는 항아리와 접시가
백리향과 계피향과 향유가 서로 섞이고 　　　　　30
여인들은 환호성을 지르며, 모든 장로와

테베라고 불린다. 또 플라키아라고도 불린다.

사내들은 즐거운 노래를 외쳐
파이안[7]을, 아름다운 칠현금의 멀리 쏘는 신을 부른다.
신과 같은 헥토르와 안드로마케를 노래한다.

55LP
당신이 죽으면 아무것도 남지 않을 것입니다.
당신을 그리워하거나 기억할 이도 없겠지요. 왜냐하면
당신은 피에리아[8]의 장미가 없으니까요. 빛을 잃고
알아보는 이 없이 하계의 그림자들 사이를 헤매겠지요.

65+66c+87LP
커다란 선물을 가지고 있다. 태양 아래
모든 사람에게 기억되는 일이다.
방방곡곡 어디에서나 당신의 이름을,
아케론[9] 강가에서조차 당신을 기억하리다.

81LP
디카여, 너의 아름다운 머리 위에 화관을 올려라.
너의 고운 손으로 자초(紫草) 가지를 엮어.

---

7 아폴로 찬가.
8 무사 여신들의 거처가 되는 올륌포스산의 북쪽 지역을 가리킨다.
9 저승의 강.

왜냐하면 카리스 여신들은 오로지 머리에 꽃을 얹은
여인만을 보며, 꽃 없는 여인을 보지 않기 때문이다.

94LP, 1~26행
구차하지 않게 차라리 죽고만 싶다.
그녀는 나를 떠나가며 많은 눈물을
흘리며 내게 이렇게 말했다.
"우리에게 이 얼마나 아픈 시련입니까?
사포여, 저는 당신을 떠나고 싶지 않습니다."   5

그래서 나는 이렇게 답했다.
"행복하여라, 기쁜 마음으로 언제나
날 기억하여라. 우리가 네 곁에 있음을 기억하여라.

행여 네가 잊었을까, 내가 네게 일러
네가 기억할 수 있게 말하노니   10
우리는 아름답고 고운 일을 함께했다.

종종 너는 향기로운 제비꽃 화관을,
장미로 만든 화관을 엮었으며
내 곁에 앉아 머리에 화관을 썼다.

종종 울긋불긋 화관을 엮어,   15
아름다운 꽃들로 엮은 화관을
너의 여린 목에 걸었다.

너의 머리에 백리향을 쓰고
뤼디아 왕국에서 가져온 향유
브렌테이온을 (얼굴과 몸에.)   20

안락한 방석 위에 앉아서
(내용 미상)
너의 욕망을 삭이려고

우리의 노랫소리가 울리지 않은,
우리의 뤼라 소리가 채우지 못하는   25
숲과 신전은 없었다."

96LP, 1~23행
(종종 사르디스에서
이쪽으로 고개를 돌려

우리가 서로 어떻게 지냈는지)
생각하며 그녀는 너를 신처럼 여겼으니,

너의 노래에 그녀는 즐거워했다.   5

이제 그녀는 뤼디아의 여인들 사이에서
빛나니, 마치 태양이 질 때에
장밋빛 손가락의 달이 떠올라

별들을 모두 압도하듯. 달은
소금의 바다 위를 비추고   10
또 많은 꽃이 피어난 들판을 비춘다.

영롱한 이슬이 지고, 장미는 피어
가녀린 토끼풀이 돋아나고
꽃같이 아름다운 풀이 자란다.

종종 길을 걸으며 그녀는   15
친절한 아티스를 기억하리라.
그리움에 그녀의 마음이,

슬픔에 그녀의 가슴이 시들고,
우리가 그녀에게로 가야 할까요
(내용 미상)   20

우리가 여신과 같이 아름다운
모습을 간직하기는
어려우나, 너는
(이하 내용 미상)

98LP
나의 어머니는 (종종 말씀하셨다.)

그녀가 젊었을 적엔
그녀가 자신의 머리에
자주색 머리띠를 둘러 묶기만 해도
그것으로 대단한 장식이었다 하신다.   5
하지만 황금의 머리카락을 가진
횃불의 불꽃과 같은 머리칼의 소녀에게는
차라리 신선한 꽃들로 엮어 만든
화관이 더욱 어울린다 하신다.
얼마 전 나는 보았다. 화려한 화관을   10

사르데스에서 만들어진
(내용 미상)
하지만 어디에서 화려한 화관을
너를 위해, 클레이스[10]여, 구해야 할지

나는 모르겠다.   15

105aLP
마치 귀한 사과가 높은 가지 끝에서 붉게 익어가듯
높고 높은 가지의 끝, 사과 따는 사람도 잊었구나.
아니, 그것을 잊지 않았으되 그것에 다다를 수 없었을 뿐.

110LP
문 앞에 서 있는 사내는 일곱 척의 다리를 가졌다.
그의 신발은 다섯 마리 황소의 가죽으로 만들었고
열 명의 신발장이가 거기에 매달려야 했다.

111LP
대들보를 높이 치켜들어라.
혼인을 축복하라.
당신들 목수들아, 치켜들어라.
혼인을 축복하라.
전쟁의 신과 같은 신랑이 찾아오니   5
그는 거인보다 훨씬 크다.

---

10 사포는 모친의 이름을 따서 딸에게도 같은 이름을 붙였다.

112LP
축복받은 신랑이여, 당신이 바라던 대로 혼인 잔치가
펼쳐졌다. 당신은 이제 바라던 소녀를 차지했다.
당신 모습은 사랑스러워, 눈망울은 부드럽고
몸을 녹이는 매혹은 당신 얼굴에 넘쳐흐른다.

114LP
어린 소녀여, 어린 소녀여, 너는 내게서 멀어져 가느냐?
"나는 네게 돌아오지 않는다. 다시는 돌아오지 않는다."

115LP
잘난 신랑이여, 나는 당신을 누구에게 비할까?
훤칠한 나무에 나는 당신을 옳게 비하겠네.

130+131LP
사지를 풀어놓는 에로스가 다시 나를 흔들고
달콤 쌉쌀한 그 앞에 나는 무력하기만 하다.
아티스여, 당신은 나를 미워하는 마음에
사로잡혀, 안드로메다에게 달아나는구나.

132LP
나는 어여쁜 딸을 두었는데, 황금의 꽃들과

견줄 만한 미모를 갖추고 있다. 사랑스러운 클레이스는
뤼디아를 전부 내게 준다 한들 그녀를 보내지 않으리.

6 알카이오스[1]

6LP, 1~14행
이번 파도는 지난번 그 어느 때보다
높아, 우리에게 많은 노고를 가져오니
배로 들어온 물을 퍼내야 하겠다.   3
(4~6행 미상)

어서 서둘러 우리는 배를 지탱하고   7
안전한 항구로 서둘러 가세.

누구 하나 겁먹어 망설이지 말고
우리 눈앞엔 커다란 보상이 있으니   10
너희의 지난날 업적을 상기하라.
모두가 이제 인정받는 사내가 되어라.

창피스러운 모욕으로, 영광스러운
땅에 묻히신 선조들을 욕보이지 마세.

34LP

---

1 알카이오스는 기원전 620년경 태어났으며, 사포와 동시대인으로 사포와
동향 사람이다. 알렉산드리아 학자들이 뽑은 아홉 명의 대표 희랍 시인
가운데 한 명이다. 정치적 격변에 휩쓸려 많은 시련을 겪었다. 그는 주로
전쟁과 술자리, 사랑 등을 다루었다.

펠롭스의 섬[2]을 떠나 저에게로 오십시오.
제우스와 레다의 강력한 아들들[3]이여,
자비로운 마음으로 오십시오, 카스토르와
폴뤼데우케스여,

영웅들이여, 넓은 땅을 지나고 바다를   5
온통 지나도록 걸음이 빠른 말들을 타고
손쉽게 죽음의 두려움에서
구하소서

자리가 넓은 배의 꼭대기로 뛰어내리어
앞 돛 밧줄로부터 멀리에 빛을 전하며,   10
힘겨운 밤에 검은 배에 빛을
가져오시며

38LP, 1~10행
나와 함께 마시세, 멜라니포스여, (내용 미상)
당신이 일단 한 번 아케론강을 건너 저편으로

---

2 펠로폰네소스 반도.
3 카스토르와 폴뤼데우케스를 가리키며, 이들은 뱃사람을 수호하는 신이다.

건너가면, 당신은 더는 신성한 햇빛을
보지 못할 것이다. 너무 높은 곳을 바라지 마라.

한때 위대한 왕이었던 시쉬포스도 누구보다   5
현명하였건만 죽음의 형벌을 벗어나지 못했다.

꾀가 많은 그였지만 죽음의 강제는 그를
두 번이나 휘돌아가는 아케론 건너로 데려갔다.

지하 세계의 왕은 그에게 힘겨운 형벌을 내렸다.
크로노스의 아들은.   10

42LP
전하는 바, 헬레네여, 악행의 고통이
프리아모스와 그들의 자식들에게
너로부터 생겨났다. 불은 신성한 트로이아를
삼켜버렸다.

아이아코스의 아들[4]은 결혼 잔치에   5
모든 신을 초대하지 않은 채

---

4 아킬레우스의 아버지 펠레우스를 가리킨다.

네레우스의 집에서 사랑스러운 소녀를
데려왔다.

키론⁵의 집으로 와 그는 순결한 소녀의
허리띠를 풀었다. 사랑은 펠레우스와,   10
네레우스의 가장 아름다운 딸을 묶었다.
다음 해가 되어

그녀는 위대한 영웅이 될 아이를 낳았다.
금색 갈기를 가진 말들을 몰 행복한 사람을.
하지만 저들은 헬레네로 인해 몰락했으며   15
저들의 고향도 그러하다.

50LP
나의 머리에, 많은 고난을 겪은 머리에 향수를 부어라
털이 하얗게 세어버린 가슴에

69LP
아버지 제우스여, 뤼디아 사람들은 우리의 불행에
분노하여 우리에게 이천 냥의 금화를

---

5 반인반마의 켄타우로스로 아킬레우스의 양육자다.

보내주었다. 우리가 신성한 도시[6]에
다다를 수 있도록.

그들은 이제까지 어떤 도움을 받은 적 없고, 우리를　　　5
알지 못하면서도. 하지만 그는 여우처럼 영리하여[7]
자신이 일을 들키지 않고 쉽게 풀어나가리라
바라마지 않았다.

70LP, 6행 이하
이제 그는 아트레우스의 집안[8]과 혼인하여　　　　　6
이미 뮈르실로스[9]와 함께 그랬듯이 도시를 집어삼킨다.
다시 전쟁이 우리에게 승리를 약속하는 날에,
그때에 우리는 오랜 증오를 잊으며,

마음을 갉아먹는 반목을 떨쳐버리며,　　　　　　　10
그러니까 집안싸움을, 올륌포스의 신들이

---

6 뮈틸레네.
7 7현인의 하나인 피타코스는 뮈틸레네의 참주였다.
8 뮈틸레네의 귀족 집안 가운데 하나는 펜틸로스의 자손들이라고 자처했다.
펜틸로스는 오레스테스의 아들이다.
9 뮈틸레네의 참주 가운데 한 명으로, 알카이오스는 그에게 대항하다가
추방당했다.

불 지피고 우리를 방황케 한 싸움을 멈추리다.
그런데 지금 값진 명예가 피타코스에게 있다.

73LP, 3~14행
(1~2행 미상)
모든 화물은 이미 바다에 수장되었으며
험난한 바닷길을 길게도 배는 지나왔다.

파도는 뱃전을 두드려 부수었다.   5
이런 험한 날씨와 파도와 싸워 더 이상
우리 배는 견딜 수 없다. 아니면
몰래 숨어 있는 암초에 부서질 수밖에.

이렇게 파도의 장난에 배는 맡겨져 있다.
친구들이여, 모든 것을 잊어버리고   10
놓아버리자. 나는 너희와 즐겁게
놀고자 하며, 뷔키스와 함께 마시고자 한다.

다른 모든 것은 다른 날에 생각하기로 하고
누군가는 비록

129LP, 1~28행

레스보스 사람들은
성역을 세웠다. 넓고 큼직하게.
모두에게 개방되었고, 그 안에
축복받은 신들의 제단이 있었다.

탄원자들의 신을 제우스라 불렀고   5
영광의 여신, 당신을 아이올리아,
만물의 어머니라 불렀고, 세 번째를
그들은 여기 케멜레에게 태어난,

날고기를 먹는 디오뉘소스로 두었다.
자애로운 마음으로 우리의 소원을 들어   10
지금의 고통으로부터 저를 구하소서.
이제 쓰라린 망명길을 끝내소서.

휘라스의 아들[10]을 복수의 여신들이
좇아, 지난날 우리가 신성한 신들을 두고
맹세한 것에 걸고 복수하소서. 우리는 결코   15
우리의 동지를 배신하지 않는다,

_____

10 피타코스.

적의 손에 맞아 죽은 우리의 몸을
차가운 땅속에 묻어준다,
또 그자를 죽여 복수한다,
우리 인민을 억압에서 구한다 맹세했다.　　　　　　20

하지만 그 뚱뚱이[11]는 이를
전혀 가슴 깊이 받아들이지 않고 맹세를
가벼이 짓밟아 버렸다. 인민을 희생시켜
그는 많은 이익을 취하려고.

130LP, 16~35행
불행한 나는, 농부로 살아가며
전령이 민회를 소집할 때면
민회에 참여하던 때를 그리워하니
아게실라이다스여,

원로회의 때를. 아버지, 아버지의 아버지,　　　　　　20
(21행 미상) 스스로를 파괴하는 시민들의
하나가 차지하고, 나는 이 도시로부터
추방되었다.

---

11 피타코스.

추방자로서 멀리로 오뉘마클레스처럼
나는 여기에 홀로 자리를 잡고   25
(26~27행 미상)

신들의 유복한 영역으로
나는 검은 대지에 발을 들여놓고,
나의 발이 모든 불행을 극복하고   30
향하는 곳에 나는 살고 있다.

레스보스 여인들이 미를 다투며
길게 끌리는 옷을 입고 걷던 그곳에
여인들의 목소리가 주변에 울려 퍼지고
해마다 열리는 신성한 축제에 환호하며   35

249LP, 6~9행
육지로부터 항해를 준비해야 한다.
자신이 할 수 있는 한, 자신이 알고 있는 한.
하지만 일단 바다에 나가게 된다면
바다를 지배하는 날씨를 따라야 한다.

298 LP, 16행 이하
아이아스[12]는 광기에 실성하여,

경건한 팔라스의 신전을 범하였다.
어떤 여신들보다 신전 파괴에
크게 격노하는 여신의 신전.

소녀를 두 손으로 잡아채어, 여신상에 20
매달려 있는 소녀를 범하였다.
로크리스의 사내는 전쟁을 가져오는
제우스의 딸을 두려워하지 않았다.

여신은 눈썹 아래가 무섭게
창백해지며, 포도줏빛의 바다를 25
서둘러 가로질러 어둠을 가져오는
폭풍을 일으켰다.

326LP, 1~9행
폭풍의 저항을 나는 견딜 수 없다.
이쪽에서 파도가 몰아닥치는가 하면
저쪽에서는 다른 파도가, 그 가운데
우리는 검은 배를 몰아 나아간다.

---

12 트로이아 전쟁에 참가한 두 명의 아이아스 가운데 흔히 작은
아이아스라고 불리는 희랍 영웅으로, 로크리스의 왕이었다.

끔찍한 날씨와 싸우며 힘겨운 노고 속에서   5
돛대를 세우는 자리까지 물이 차오르고
돛은 이미 찢어질 대로 찢어져
찢어진 돛에 생겨난 구멍은 길고
돛을 묶던 밧줄은 풀어져 늘어졌다.

332LP

이제는 마셔야 한다. 우리가 마실 수 있는 것보다
마시고 싶은 것보다 더 취하도록. 뮈르실로스가 죽었다.

335LP

나쁜 일들에 마음을 두어서는 안 된다.
우리가 근심한다고 무엇 하나 바꿀 수 없다.
뷔키스여, 최고의 치료 약은 이것이다.
포도주를 가져다 마시는 것.

338LP

제우스가 비를 뿌리고, 하늘로부터 커다란
폭풍이 불고, 물은 꽁꽁 얼어붙었으니
(3~4행 미상)

추위를 몰아내라, 불을 크게 지펴라,   5

큼지막한 항아리에 달콤한 포도주를
아끼지 말고, 나의 머리에는
부드러운 베개를 가져다 놓아라.

341LP
너 좋을 대로 너는 말하지만,
너 좋을 대로 네게 말하는 이는 없다.

347LP
가슴을 포도주로 적셔라. 천랑성이 떠오른다.
참기 어려운 계절. 모든 것들이 땡볕에 말라붙어
매미의 맑은 노랫소리는 숲속에서 들리고   3

348LP
미천한 가문에서 태어난
피타코스를, 그들은 검은 정령에 짓눌려 배알도 없는 듯
한마음으로 그를 나라의 왕으로 선출하였다.

350LP
세상의 끝으로부터 너는 왔다. 코끼리 상아로
금줄이 매인 칼자루가 너의 칼에 달렸다.
바빌론 사람들에게 고용되어 너는 싸웠다.

매우 커다란 전투를. 그리고 너는 그들을 해방했다.
네가 더 용감한 사내를 죽였을 때, 그는 왕의 척도로 　5
다섯 팔꿈치에서 겨우 한 뼘 모자라는 사람이었다.

357LP

(2행 미상)
나의 커다란 집은 청동으로 빛난다.
마당 가득히 전쟁으로 장식되어 있다.
밝게 빛나는, 그 꼭지에는 말총이 희게 　5
물결치는 투구, 병사들의 우두머리들에게는
영광이로다. 벽에 달린 못에는
청동의 빛나는 정강이받이가 걸렸다.
강력한 창을 막아내는 가리개.
새로운 천으로 짠 갑옷이며 　10
속이 빈 방패들이 줄지어 늘어섰다.
칼키스[13]에서 가져온 검들이 있고
많은 허리띠와 웃옷들이
이 모든 것이 소홀히 다루어질 수 없다.
우리가 일단 이런 연장들을 걸칠 때. 　15

---

13 희랍 보이오티아의 도시.

360LP

왜냐하면 스파르타의 아리스토다모스는
　　　　매우 실용적으로 말했기 때문이다.
"돈이 사람이다." 부족함 없는 사람이
　　　　탁월하다 존경받는다.

364LP

가난은 끔찍하고 흉물스러운 악. 당당한
공동체를 자매 곤궁과 함께 점령해버린다.

7 세모니데스[1]

1W

소년아, 번개를 치는 제우스는 만물의
끝을 가지되, 그가 원하는 대로 일을 마친다.
인간들은 이를 알 수 없고, 소들이 살아가듯
하루살이 인생이니, 신이 어찌 마무리할지
아무것도 알지 못하고 살아간다.   5
희망과 믿음이 모든 사람을 양육하니
그들은 할 수 없는 일을 하고 있다. 누구는
다음날이 도래하리라, 누구는 봄의 도래를
믿어, 인간들 가운데 누구도 다음 해에는
부와 행운이 충만할 것을 의심치 않는다.   10
하지만 서글픈 노년이 목적지에 이르기 전에
닥쳐오고, 사람들 가운데 누구는 불운한
질병이 데려간다. 전쟁에 끌려간 사람들을
하데스가 검은 대지 아래로 데려간다.
소용돌이치는 바다에 나선 장사꾼은   15
자줏빛 바다의 파도와 싸우다가 가라앉아
연명하지 못하고 죽게 된다.
어떤 사람은 죽음의 밧줄을 목에 걸어

---

1 세모니데스는 기원전 7세기에 활동한 시인으로, 사모 출신이지만
아모르고스 식민지 건설을 이끌었기 때문에 흔히 아모르고스의
세모니데스라고 불린다.

스스로 태양의 빛에서 도망친다.
누구도 불행을 벗지 못하니, 수천 번 20
패배와 예측하지 못한 고통과
근심이 닥친다. 그러나 내 말을 듣는다면
불행을 원하지 않고 고통스러운 불운에
사로잡혀 우리 마음을 괴롭히지 않을 것이다.

3W
우리에게는 죽어야 많은 시간이 주어지며
다만 짧은 시간, 혹독한 삶을 우리는 산다.

7W
처음에 신은 여인의 마음을 만들되, 다양하게
하였으니, 우선 억센 털 암퇘지의 여인을 만들어
그녀의 집안은 온통 더러운 것들이 가득하고
무질서하고 어수선하게 땅바닥에 굴러다닌다.
그녀는 씻지도 않고 더럽고 찌든 옷을 입고 5
느긋하게 두엄 위에 앉아 몸을 살찌운다.
다음으로 신은 못된 사기꾼 여우의 여인을
만들어 모든 것에 능숙한 여인이었다.
사악한 일이든 좋은 일이든 모르지 않았다.
왜냐하면 그녀의 말은 때로 사악하고 10

때로 옳았지만, 변덕이 심한 마음을 가졌다.
다른 여인은 소심하고 모성이 강한 개의 마음을
가졌다. 모든 걸 듣고 모든 걸 알기 원한다.
사방을 향해 눈을 돌려 팔방을 지켜보기를
아무런 사람을 보지 못하더라도 잊지 않는다.   15
남편의 위협도 그녀를 멈추지 못하니
남편이 화를 내며 돌을 쥐고 이빨을 드러내며
위협해도 안 되고, 부드러운 말을 해도 안 되고
손님들 옆에 앉아 있어도 안 되니,
그녀가 짖어대는 헛소리는 요지부동이다.   20
또 올륌포스 신들은 남자에게 흙으로
빚은 여인을 주었으니, 멍청하기 그지없다.
잘못된 것도 고귀한 것도 여인은 모르고
먹는 것 말고는 아무것도 알지 못한다.
신이 춥고 나쁜 날씨를 가져와 그들을 얼게   25
할 때에도 불가로 의자를 옮길 줄도 모른다.
다른 여인은 바닷물로 만들어져, 양면성을 가진다.
어떤 날 그녀는 웃음을 웃으며 행복하다.
손님이 찾아오면 칭찬으로 가득하다.
"인간들 가운데 이처럼 탁월하고 그녀처럼   30
아름다운 다른 여인은 없을 것이다."
다른 날에 그녀는 도저히 참아줄 수 없고

도저히 봐줄 수 없어 왜냐하면 성을 내는데
새끼를 지키는 암캐 같아 가까이 할 수 없다.
그녀는 모두에게 사납고 무섭게 굴어   35
친구나 적이나 하나같이 그렇게 대한다.
바다가 때때로 고요하게 움직이지 않으며
누구에게도 해를 끼치지 않고 뱃사람에게
여름은 커다란 즐거움이나, 때로 크게 요동쳐
폭풍우의 파도로 강력하게 몰아친다.   40
하여 이러한 여인은 성정이
그와 유사하여 변덕스럽기가 바다와 같다.
다른 여자는 고집 센 잿빛 나귀로 만들어졌다.
이런 여인은 욕하고 윽박질러야 겨우
모든 염증 내던 일들을 맡아 제대로   45
해낸다. 깊은 안채에 앉아 먹어대는데
온종일 밤낮없이, 아궁이에서도.
아프로디테의 일에서도 마찬가지,
아무나 만나는 대로 받아준다.
다른 여자는 족제비로 만들어졌다.   50
이 여인은 예쁜 데도 고운 데도 없다.
기뻐할 데도 사랑을 나눌 수도 없다.
그녀는 침대와 잠자리에 서투르고
올라탄 남편을 뱃멀미하게 만든다.

절도하여 이웃들에게 손해를 입히며   55
제를 올리기도 전에 제물에 손을 댄다.
다른 여자는 갈기가 많은 암말로 만들어져
천하고 지저분한 일은 남에게 미루고
물레를 돌리지도 않고 체를 손에 잡지도
않으며, 쓰레기를 집 밖으로 내다 버리지도   60
않고, 화덕에 가서 앉지도 않으니, 검댕을
걱정한다. 남편을 억지로 사랑하게 한다.
매일매일 몸에서 더러운 때를 씻어내며
그것도 하루에 두 번씩, 때로 세 번씩, 몸에는
몰약을 바르고 쉼 없이 숱 많은 머리를   65
빗는다. 화려한 꽃들로 아름답게 치장한다.
이러한 여인은 다른 이들에게 좋은 볼거리라
하겠으나, 여인의 남편에게는 큰 재앙이다.
남편이 그런 사치에도 마음을 다스릴 수 있는
제왕이나 귀족의 집안이라면 모를까.   70
다른 여인은 원숭이로 만들어져 이런 여인은
제우스가 남자들에게 내린 재앙의 재앙이다.
얼굴은 더없이 못났는데, 이런 여인은
시내를 지날 때 모두 사람의 웃음거리다.
목은 짧디짧아 겨우 얼굴을 돌린다.   75
엉덩이에 살은 없고 앙상하다. 불쌍하다,

이런 재앙을 품에 안는 남편은.
그녀가 아는 모든 생각과 행동거지는
꼭 원숭이다. 남의 조롱을 걱정치 않고
누굴 잘 대하지도 않고, 오로지 이것을,   80
온종일 그녀는 이것을 꾸미는데,
어떻게 남들에게 재앙을 안길까만을.
다른 여인은 꿀벌이며, 이를 가진 남자는
행복하다. 나무랄 흠이 그녀에게 없으며
그녀로 인해 생활이 윤택하고 부유하기 때문이다.   85
사랑하는 남편에게 사랑받으며 나이 들어
아름답고 이름 높은 자손들을 낳아준다.
그녀는 모든 여인 가운데 탁월한 여인이며
신들은 그녀에게 고귀한 우아함을 주었다.
잠자리와 남자만을 이야기하는 여인들과   90
함께 앉아도 그녀는 전혀 즐거워하지 않는다.
남편에게 이렇게 훌륭하고 현명한 여인을
제우스는 선물로 주어 남편을 기쁘게 한다.
다른 여인은 제우스의 꾀로 만들어져
이런 여인들은 남편의 곁에 계속 머문다.   95
제우스는 악 중의 악으로 이런 여인을
만들었다. 그런 여인은 도움이 될 듯싶으나
실제 그녀는 남편에게 역병과도 같다.

왜냐하면 그런 여인과 사는 남자는 종일
새벽에서 밤중까지 즐거움이 없기 때문이다.   100
쉽사리 굶주림을 집 밖으로 내몰지 못하여
굶주림은 집안의 동거인, 최악의 신이로다.
신들의 덕택이거나 친구의 우정으로
남편이 매우 즐거워할 일을 집안에 맞이하면
그녀는 이를 싸움으로 만든다.   105
그런 여인이 있는 집안에는 손님을 집안으로
즐거운 마음으로 환영하여 맞이할 수 없다.
그러나 꾀가 많고 지혜롭게 보이는 여인은,
바로 그 여인은 크게 창피스러운 일을 가져온다.
남편이 잠시 안심하면, 이웃 사람들은   110
남편이 여인에게 속는 것을 비웃을 것이다.
각자는 이러한 자기 아내를 말할 때는 이를
칭찬하며, 다른 사람의 이러한 아내를 욕한다.
하지만 우리는 모두 같은 처지임을 알지 못한다.
왜냐하면 제우스는 악 중의 악으로 이런 여인을   115
만들어, 우리에게 영원한 족쇄로 걸어놓았으니
여인을 가운데 놓고 여러 민족이 싸우다가
많은 전사가 하데스에 받아들여졌다.

6W

좋은 여인은 남자가 얻을 수 있는 것 중에
최선이며, 나쁜 여인은 몸서리쳐지는 최악이다.

8 밈네르모스[1]

1W

황금의 아프로디테가 빠지면 인생은 무슨 맛이냐?
사랑이 내게 더 이상 없다면 나는 죽으리다.
몰래 감추어진 방의 사랑과 달콤한 선물과 침실,
이런 모든 것은 남자들과 여인들에게나
젊음의 꽃들로 달콤하다. 그러나 고통스러운 노년이   5
찾아와 전에 아리따웠던 사람을 흉하게 만들면,
끊이지 않고 노년의 마음에 가혹한 근심이 맴돈다.
그러면 햇빛을 보는 것도 기쁘지 않고
소년들에게 미움을 받고 여인들에게 조롱을 받으니
신들은 이렇게 힘겨운 노년을 주었다.   10

2W

하나 많은 꽃이 피어나는 봄의 시간이 피워내는
나뭇잎같이, 햇빛에 모든 것이 빨리 자랄 때의
나뭇잎같이 짧은 시간 핀 젊음의 꽃에 우리는
기뻐한다. 우리는 신들을 따를 뿐, 좋은 일과 나쁜 일을
알지 못한다. 검은 케레스가 우리 옆에 버티고 서 있다.   5

---

1 밈네르모스는 기원전 630~600년경에 활약한 희랍 서정시인으로, 고향은
콜로폰이라고도 하고 스뮈르나라고도 한다. 그는 스뮈르나를 공격하는
뤼디아에 맞서 싸울 것을 동포들에게 권하는 시도 썼지만, 그를 유명하게
만든 것은 주로 사랑의 시다.

어떤 사람은 이르게 노년에 이르렀고, 어떤 사람은
이미 죽음을 맞았다. 우리는 다만 매우 조금 젊음이
주는 열매를 얻으니, 태양이 대지를 비추는 것처럼.
하지만 이러한 봄의 경험이 지나고 나면 곧
살아 있는 인간도 죽어 있는 것과 다름없다.　　　　　　10
그때에 많은 나쁜 것들이 마음에 찾아오고, 집안의
재산도 없고 수고스러운 가난의 고통이 시작된다.
누구나 자식들을 가지길 원하지만, 그렇게 삶을
떠나고 하데스로 갈 때도 자식들을 못 얻을 수 있다.
또 어떤 사람은 고통스러운 질병을 얻으니, 세상　　　　15
누구도 제우스가 고통을 주지 않는 이는 없다.

5W, 4~8행
허망한 꿈처럼 아름다운 청춘은
다만 짧은 시간 지나가고, 못생기고 고통스러운　　　　5
노년이 네게 운명처럼 머리 위에 걸렸다.
달갑지 못한 노년은 인간에게서 앎을 앗아가고
인간을 휘감아 눈과 마음의 어둠으로 데려간다.

6W
죽음의 운명이 나를 데려가되 소원하노니
내 인생 예순에 질병이나 고통 없이 데려가기를.

11+11aW
그랬다면 이아손은 홀로 황금 양털을 아이아[2] 땅에서
고향으로 가져오지 못했을 것이고, 위험천만 바닷길을
거뜬히 이겨내고 독재자 펠리아스의 과업을 수행할 적에
그의 배는 결코 오케아노스의 흐름에 도달하지 못했으리.
(중간 훼손)
아이에테스[3]의 돋보이는 도시를, 서둘러 가는 신
헬리오스의 빛이 황금의 침실에 보관되어 있는 도시를,
오케아노스의 끝을 신과 같은 이아손이 보았다.

12W
하루 또 하루 헬리오스는 수고를 견뎌야 했다.
휴식도 짧은 순간의 여가도 그의 말들과
그에게 없었다. 장밋빛 손가락의 새벽이
오케아노스에서 일어나 하늘을 향해 오를 때,
밤을 지나 헬리오스를 사랑스러운 침대가,   5
헤파이스토스의 손으로 만들어진 텅 빈 침대가,
황금으로 장식된, 날개 달린 침대가 바다를 지나
행복하게 잠든 그를 저녁 석양의 땅으로부터

---

2 콜키스의 도시.
3 콜키스의 왕이며 메데이아의 부친.

아이티오피아의 땅에 데려가면 거기에 빠른 마차와
말들이 서 있다. 새벽에 태어난 에오스가 나타나고   10
휘페리온의 빛나는 아들은 그의 마차에 오른다.

14W

그는 달렸다. 남자다운 모습에서 솟아 폭풍우 치는
그의 용기를 직접 보았던 옛사람들이 나에게 들려주었다.
헤르모스 강변,[4] 드넓은 벌판에서 창을 휘두르며
어찌 그가 똘똘 뭉친 뤼디아 기병대를 몰아붙였는지.[5]
팔라스 아테네는 그의 가슴에 사나운 폭력을   5
촉구할 필요가 없었고, 전선의 맨 앞에서 거친
전쟁의 피를 부르는 싸움으로 돌진할 때 그는 적들이
쏘아 보내는 쓰라린 창을 피하지 않고 당당히 맞섰다.
그가 아직 서두르는 태양의 빛 아래 살아 있을 적에
전투가 만든 혼란 속에서 승리의 일을 해내는데   10
모든 전사 가운데서 그보다 잘해내는 사람은 없었다.

---

4 스뮈르나의 북쪽에 위치한 강.
5 기원전 660년경에 스뮈르나인들은 뤼디아인들을 맞아 싸워 이들을
물리쳤다.

9 히포낙스[1]

3a+3W

그는 마이아의 아드님, 퀼레네[2]의 술탄을 불렀다.
"개를 죽인 헤르메스, 마이오니아[3] 말로 칸다울레스,
도적들의 동반자여, 여기 오셔서 줄을 당겨주소서."

26W

그들 중 하나가 차분하게 넘쳐나도록
매일매일 참치를 채소죽에 곁들여 먹었고
마치 람프사코스의 내시처럼 만찬을 즐겼고
농장을 거덜 내고 말았다. 그래서 나는 돌산
아래 자갈밭을 일궈야 했다. 작은 무화과를,   5
보리빵을, 노예들의 음식을 뜯어먹으며.

28W

밈네스, 못된 놈아, 그만두어라!
삼단노선 여러 칸으로 이어진 옆구리에
뱃머리에서 뒤쪽을 향해 독사를 그렸다.
이것은 불길한 징조, 저주 중의 저주.

---

1 히포낙스는 기원전 6세기에 활약한 시인으로, 고향은 에페소스다.
아르킬로코스와 함께 비방시로 유명하다.
2 펠로폰네소스의 산으로 헤르메스가 태어난 곳이다.
3 마이오니아는 뤼디아 동부 지역을 가리킨다.

너, 이놈아, 배 뒤에 선 키잡이야,   5
독사가 네 종아리를 물게 될 것이다.

32W
마이아의 아드님, 퀼레네의 귀하신 헤르메스여
당신께 비오니, 저는 추워 끔찍하게
몸을 떨고 있으니 (내용 미상)
저 히포낙스에게 웃옷과 털옷을 내려주소서.
한 짝 털양말과 신발과 황금   5
육십 스타테르⁴를 저 벽 안쪽에서 가져다주소서.

34W
당신은 내게 두꺼운 털옷을, 겨울철에
찾아드는 한기를 막아줄 옷을 주지 않는다.
나의 발은 늘 두꺼운 털양말로 가리지
못하고 동상에서 벗어나지 못한다.

36W
부는 결코 한 번도, 왜냐하면 눈이 멀었기에,
"히포낙스여, 여기 서른 냥 은전이 있으니, 받아라

---

4 무게 단위.

그리고 다른 많은 것도." 말하려 나를 결코
한 번도 찾아오지 않았다. 마음이 잔인한 부는.

115W
(1~3행 내용 미상)
파도에 떠밀려
살뮈데소스[5] 해안에 발가벗은 그를   5
머리를 높이 묶은 트라키아인들이
붙잡기를 — 거기에서 온갖 나쁜 일을 겪기를
노예의 빵을 먹으며
추위로 얼어붙은 그를, 바다 거품으로부터
수많은 해초가 그를 묶기를.   10
이를 갈기를, 개처럼 얼굴을 처박고
힘없이 누워
높게 부서지는 파도 옆에.
이 꼴들을 보기를 나는 바란다.
그는 전에는 친구였으나   15
맹세를 짓밟고 나에게 못할 짓을 하고 갔다.

---

5 트라키아의 한 지역으로 흑해에 접해 있다.

10 솔론[1]

1W

나는 전령으로 사랑스러운 살라미스에서 몸소 왔다.[2]
연설 대신 말을 아름답게 이은 노래를 부르겠다.

2W

나는 아테네 사람이 되기보다 고향을 버리고
폴레간드로스 사람이나 시킨노스 사람이 되겠다.[3]
왜냐하면 사람들 사이에서 이런 소문이 나돌 테니
"그는 아티카 사람, 살라미스를 희생시킨 사람이다."

3W

너희는 오라, 우리는 용감하게 싸우러 살라미스로 간다.
사랑스러운 땅을 위해, 역겨운 수치를 버리고!

---

1 솔론은 희랍의 7현인 가운데 한 명으로 기원전 638~558년까지 살았다.
그는 아테네 민주주의가 발전하는 과정에서 귀족과 평민의 대립을 중재한
정치가이자 입법가였다. 또 그는 시인이자 연설가로 유명하다. 헤로도토스는
세상에서 가장 행복한 사람이 누구인지를 묻는 뤼디아의 왕 크로이소스에게
솔론이 들려준 대답을 전한다.
2 아테네와 메가라는 살라미스를 놓고 각축을 벌였다. 이에 솔론은
살라미스에서 온 전령이 되어 동료 시민들에게 살라미스를 포기하지 말라고
설득한다.
3 에게해의 작은 섬들이다.

4W

제우스의 보호로 우리나라는 멸망치 않는다.
그리고 복되도다. 불멸하는 신들의 처분에 따라
아버지를 자랑스럽게 만드는 위대한 딸
팔라스 아테네가 돌보시며 우리에게 손을 얹는다.
하나 아테네인들은 어리석음으로 인해   5
위대한 도시를 돈 욕심에 망쳐 놓으려 한다.
도시를 이끄는 자들의 마음도 불의하여, 저들은
커다란 오만으로 많은 고통을 겪을 수밖에 없다.
왜냐하면 그들은 충만함에 족한 줄 모르고, 음식의
즐거움, 손에 쥔 행복함을 전혀 느끼지 못한다.   10
불의한 행동으로 그들은 재산을 추구하면서
(내용 미상)
그들은 신성한 재산이건 공동체의 재산이건
아끼지 않으며, 각자가 사방에서 훔치고 앗아간다.
그들은 디케 여신의 경건한 질서를 존중치 않는데   15
디케 여신은 오늘 일과 일어난 일을 침묵으로써 알고
언젠가 이런 죄를 벌하시러 반드시 오신다.
이미 피할 수 없는 상처가 공동체 전체에 퍼졌다.
도시는 급격하고 빠르게 노예로 전락하고
시민들의 불화 가운데 잠자던 전쟁은 깨어나   20
수많은 피 흘린 삶을 잔인하게 파괴할 것이다.

적들의 손에 아름다운 공동체는 빨리 파괴되어
그러한 고통이 도시에 깃들어, 많은 사람은
가난에 팔려 고향을 등지고 낯선 땅으로
굴욕적인 사슬에 몸이 묶여 떠난다.   25
그와 같이 시민들에게 불행이 각자의 집에 닥쳐온다.
걸어 잠근 문으로도 그것을 더는 막을 수 없다.
제아무리 높은 담일지라도 뛰어넘으며, 분명코
방구석 깊은 곳으로 몸을 숨긴 자일지라도 찾아낸다.
나의 마음이 내게 아테네 사람들을 가르치라 명한다.   30
무질서는 국가에 커다란 고통을 가득 가져오며
반면 질서는 모든 것을 훌륭하게 바로잡으며
법을 어긴 사람을 묶어 포박한다.
거친 것을 반듯하게, 과욕을 재우며, 오만을 누르며
활짝 피어올라 무성한 미혹을 파괴하며   35
굽어 휘어진 법을 바로 세우며, 무모한 행동을
잠재우고, 갈등하는 불화를 제압한다.
혐오스러운 불화가 낳은 분노 또한 제압한다.
질서가 있는 곳에 인간사는 훌륭하고 분명하다.

4aW
나는 알고 있다. 나의 가슴속 깊은 곳에 아픔이 자리하니
이오니아의 오래된 땅이 몰락하는 걸

보았을 때.

4cW

너희는 차분히 생각하여 가슴속의 마음을 다스려라.
너희는 이미 좋은 것을 실컷 즐겼다.
너희는 적당한 만큼만 마음에 두어라. 왜냐하면 우리는
굴하지 않고 너희에게 전부는 좀처럼 쉽지 않으니.

5W

나는 백성에게 넉넉할 만큼의 권한을 주었다.
나는 그들 권한의 일부를 빼앗지도 보태지도 않았다.
사람들이 보기에 부유하기까지 한 권력자들에게,
나는 그들에게 마땅한 것만을 주었다.
나는 양자에 맞서 내 권한의 방패를 세워 막았노니   5
정의에 맞서 그들 가운데 한쪽이 승리하지 못하게.

6W

백성들이 지도자들을 따르게 하매 이것이 최선이다.
그들을 너무 풀어줄 일도 너무 단속할 일도 아니다.
왜냐하면 너무 많은 행복이 최선의 현명함을 갖추지 못한
인간들을 따를 때 그 풍족함은 무도함을 낳으니.

7W

막중대사에 모두가 만족하기란 어려운 법이다

9W

덮인 구름에서 강력한 눈과 우박이 내려와
번쩍이는 번개에서 천둥이 내려친다.
그렇게 위대한 사내들로 도시는 병들고, 독재의
노예 상태로 추락한다. 어리석은 백성이로다.
너무 높이 치켜세우니 그를 다시 내려보내기   5
쉽지 않음을 미리 깨달아야 한다.

10W

머지않아 백성들에게 어리석음이 드러날 게다.
머지않아 곧 닥쳐올 현실이 드러나 보일 게다.

11W

너희의 잘못으로 인해 너희는 그런 고통을 겪는다.
너희는 신들에게 이런 운명을 돌리지 마라.
너희가 그들[4]을 키웠으며 그들을 보호하였다.

---

4 많은 학자는 페이시스트라토스 등의 참주들을 가리킨다고 생각한다.
하지만 이들이 활동한 시기는 기원전 561년부터이기 때문에, 그전의 다른
참주들이 아닐까 한다.

그리하여 너희는 스스로 추악한 굴종을 키웠다.
너희 각자는 여우의 발자국을 따라 나아가지만   5
너희 모두는 텅 빈 이성을 가지고 있었다.
왜냐하면 너희는 달변의 혀와 말을 바라보았으나
실제 그것이 무엇인지 깨닫지 못하였다.

12W

바람들로 바다가 크게 부풀어 오른다. 바람이 다시
건드리지 않는다면 바다는 참으로 정의롭다.

13W

올림포스 제우스와 므네모쉬네의 아름다운 따님들
천상의 무사 여신들이여, 들으소서! 그대들에게 비오니
유복한 신들에 대비되는 유복을 주시고, 세상 모든
인간들에게 대비되는 좋으며 계속되는 명성을 주소서.
하여 제가 친구들에게 달콤하고 적들에게 쓰디쓰며,   5
친구들에게 존경받으며 적들에게 두려움이 되게 하소서.
한편 재산 욕심이 제게 있되, 정당하지 못하게
재산 얻기를 원치 않으며 대가를 치르게 될 겁니다.
신들에게서 얻은 재산은 재산을 가진 자를 기쁘게 하며
늘 이어질 선함으로 굳건히 세워져 흔들리지 않습니다. 10
사람들이 사납고 무섭게 좇는 재산은 오되 옳지 못하게

사람에게 오며, 불의한 행동에 강압을 받아 원하지
않으며 오니, 곧 눈먼 생각이 함께 섞여 들어갑니다.
눈먼 생각은 처음에 작으나 곧 화염으로 자랍니다.
그 시작은 눈에 띄지 않으나 끝은 고통을 가져옵니다.   15
과도한 행동은 그렇게 오랫동안 지속되지 않으며
제우스가 모든 일의 결말을 내려다보며, 하여 갑자기
봄바람이 몰아쳐 순식간에 구름을 흩뜨려 놓듯 —
봄바람은 바닥을 드러내지 않는 거친 바다의 밑바닥을
뒤집어엎으며, 대지의 곡식이 자라는 밭을 쓸어버리며,   20
작물을 황폐하게 한 다음, 하늘을 향해 가파른
신들의 거처를 휩쓰나 하늘은 다시 푸르게 빛납니다.
풍성한 대지 위에 태양의 힘이 찬란하고 아름답게
빛나며 구름 조각은 하늘에 모습을 드러내지 않습니다.
제우스의 분노는 이와 같아서 그는 일일이   25
인간들 하나하나에게 돌연히 분노하지 않으나
영원히 죄지은 마음은 그를 벗어나지 못하고
끝내는 그의 죄가 백일하에 드러납니다.
다만 누구는 늦게 누구는 일찍 벌을 받을 뿐입니다.
벌을 벗어난 사람은 신이 보낸 처벌이 더 이상   30
그를 데려오지 못하지만, 벌은 분명히 그를 쫓아
죄 없는 그의 자식들과 후손들이 죄를 받습니다.
우리 필멸의 인간은 선한 자나 악한 자나 하나같이

모든 것이 생각하는 대로 순조로울 것으로 생각하나
사고가 일어나면 탄식합니다. 그때까지 어리석게도   35
헛된 희망을 즐기며 광기에 즐거워합니다.
우리 가운데 하나가 몹쓸 병에 걸려 신음할 때에
그는 분명 다시 건강해지리라 생각합니다.
근심하는 사람은 좋아지리라 상상하며, 남들에게
그렇게 보이지 않아도 스스로 아름답다 생각합니다.   40
어렵게 살며 늘 가난의 일에 고통받는 사람은 그가
곧 엄청난 재산을 얻으리라 믿어 의심하지 않습니다.
그는 재산을 얻으려 온 힘을 쏟습니다. 어떤 사람은
배 가득 재산을 싣고 고향으로 향하여 물고기가 많은
바다를 지나가며, 마음을 불편케 하는 바람에 쫓기어   45
근심이 넘치는 바닷길에 목숨을 겁니다.
굽어 흰 쟁기를 끄는 사람들 가운데 한 사람은
일 년 내내 노역하며 나무 많은 땅을 일굽니다.
어떤 사람은 아테네의 일을 배우고 헤파이스토스의
대장간 기술을 배워 솜씨 좋은 손으로 먹고삽니다.   50
어떤 사람은 무사 여신들의 선물로 생계를 이어가되
매혹하는 기술의 법칙과 규율을 알고 있습니다.
수호자, 은궁의 아폴론은 어떤 사람을 예언자로 만들어
멀리서 사람들에게 닥쳐올 불운을 감지합니다.
신들이 그와 함께 작용하지만, 당신을 확실하게   55

새점이나 내장점으로 불행에서 구하진 못합니다.
병을 고치는 파이안[5]의 일을 담당하는 저 의사들도
병을 성공적으로 고칠 힘을 갖지 못합니다.
매우 작은 통증으로부터 종종 심각한 질병이 자라되
고통을 줄이는 진통제가 고역을 그치지 못합니다.   60
어렵고도 심각한 질병으로 고생하는 사람을 다시금
가볍게 만져 치료하니 짧은 시간 그는 건강해집니다.
운명은 저주를 인간에게 주기도 행복을 주기도 합니다.
신이 내린 선물에서 우리는 벗어날 길이 없습니다.
우리가 무엇을 하든지, 위험은 그것을 흔들어 놓으며   65
시작한 일이 장차 어떠할지 누구도 말할 수 없습니다.
누군가는 일을 잘하려고 시도하지만, 크고 위험한
미망으로 어떻게 될지도 모른 채 떨어질 겁니다.
오히려 일을 못하는 사람에게는 신에게서 만사형통
좋은 성과가 선물되고 그를 우매함에서 풀어줍니다.   70
죽을 운명의 존재는 재산이 얼마면 좋은지 모릅니다.
엄청난 재산을 가진 사람은 재산을 두 배로 불리려
힘쓰는 게 세상입니다. 누가 그들을 만족시키겠습니까?
인간은 얻은 것 전부를 신들에게 빚지고 있으며
성공에 미망이 찾아옵니다. 제우스가 이를 보낼 때   75

---

5 아폴로.

그것은 죄를 처벌하니 부는 다시 여행을 떠납니다.

14W
죽을 운명의 인간은 누구도 행복하지 못하다. 모두는
오직 불행하니 태양 아래 살아가는 모두가 불행하다.

15W
좋은 사람은 흔히 가난하고, 악한은 흔히 부유하다.
하지만 나는 결코 악한 자들과 자리를 바꾸지 않으니
선함을 재산에 희생하지 않는다. 선함은 지속하지만
재산은 허망하다. 때로 저자가, 곧 다른 자가 가져간다.

17W
인간들은 죽음을 모르는 신들의 뜻을 알지 못한다.

19W
당신이 솔로이[6] 사람들의 지배자로 앞으로 오랫동안
이 도시에서 살아가기를, 그리고 당신의 자손들이.
제비꽃 화관을 쓴 퀴프리스[7]가 빠른 배에 몸을 실은

---

6 퀴프로스섬의 도시로 기원전 6세기경에 세워졌다.
7 아프로디테에게 바쳐진 섬.

나를 건강하고 편안하게 고향으로 동반하시길.
여신이 당신의 백성들에게 즐거운 자비와 강력한   5
위엄을, 나에게는 고향 해변으로의 귀향을 하사하시며.

20W
당신은 나의 말에 귀를 기울여 그런 말을 말아라!
내가 더 좋은 것을 찾아냈다고 내게 화내지 마시라!
시인이여,[8] 시를 고쳐 쓰시되, 이렇게 노래하시라.
"팔십의 나이에 죽음의 운명을 맞는다면"

21W
울어 줄 사람 없지 않은 죽음이 찾아올 것이고,
큰 고통을 친구들에게 남기고 나는 기꺼이 떠난다.

24W
풍성하게 금은을 한가득 가진 사람이나
넓은 들판에 영글어가는 작물을 가진 사람이나
나귀와 말을 가진 사람은 부유하다. 또 이런 자도
그러하니, 배와 옆구리와 발에 안락을 느낀 자,
때가 이르러 활짝 피어나는 소년과 소녀,   5

---

8 시인 밈네르모스를 가리킨다. 밈네르모스 단편 6W를 보라.

젊음으로 아름답게 가득 찬 그들도 그러하다.
이는 인간들의 행복이다. 지나쳐 넘치는 것을
모두 돌려주고서야 하데스에 이르게 되느니
누구도 죽음과 쓰라린 병마를 돈으로 피할 수 없고
막아설 수 없게 다가오는 노년도 그러하다.   10

26W

이제 나는 퀴프로스의 여신과, 박코스와 무사 여신들의
일들을 바라오니, 그것들은 인간의 마음을 즐겁게 한다.

32W

만일 내가 나의 고향 땅을 보호하고
만일 내가 독재자의 자리에 올라 무소불위의 권력을
행사하지 않으며 평판을 더럽히거나 훼손치 않는다면
나는 부끄러워하지 않으리다. 그로써 나는 다른 모든
사람들보다 높은 자리를 얻으니.

33W

"솔론은 생각이 깊지 못한 현명하지 못한 사내다.
신이 최선을 주었건만, 그는 받아들이지 않았다.
사냥감을 잡았건만 그것을 제대로 갈무리하여
가두지 못했으니 그는 용기도 지혜만큼 부족하다.

만약 내가 권력을 얻고 재산을 잔뜩 얻어   5
단 하루지만 아테네의 독재자가 될 수만 있다면
나를 술 자루 취급하고 내 집안 씨를 말려도 좋으리라."

34W
많은 사람은 훔치러 오고, 그들의 기대는 높이 오른다.
왜냐하면 그들은 커다란 재산이 생기리라 믿으며
내가 달콤한 미끼를 던진 후 진의를 드러내리라 믿는다.
그들은 그렇게 헛되이 생각하였다. 이제 커다란 분노로
마치 나를 적으로 대하듯 곱지 않은 시선으로 본다.   5
신들의 가호로 나는 내가 약속한 바를 이행하였으니
이유 없이 과도하게 하는 것은 잘못이며, 내 보기에
독재 권력을 행사하는 것은 옳지 않으며, 똑같이
선과 악이 비옥한 고향의 땅을 나누는 것도 옳지 않다.

36W
나는 백성들의 뜻을 하나로 묶어
모든 것을 이루어 목표에 도달하였다.
시간의 재판석 앞에 나는 증인으로
모든 올림포스 신들의 위대한 어머니
검은 대지를 부른다. 나는 그녀에게서   5
수백 개나 세웠던 채무 비석을 제거하였다.

그녀는 예전에 노예였으나 이제는 자유이다.
또 나는 많은 이를 신이 세운 고향
아테네로 호출하노니, 팔려나갔던 이들을
정당하거나 부당하게, 혹은 부채의 위협에   10
눌려 도망했던 이들을. 그들의 혀에서 이미
아티카 방언이 사라졌으니, 여러 곳을 방랑한 흔적이라.
그리고 또 고향에서 노예로 수모를 겪는 이들을
부르노니, 그들은 주인의 목소리에 떨고 있었다.
나는 이들을 해방하였다. 나는 이를 행하되   15
법이 정한 힘에 따랐으며 폭력과 정의가 하나로
어우러진 권력에 따라 나의 약속을 지켰다.
또 나는 양쪽을 위해 법을 만들었나니,
귀천을 막론하고 평등하며 모두에게 고른 정의로다.
만약 나 대신 다른 사람이 이런 권력의 지팡이를   20
쥐었다면, 나쁜 마음과 돈 욕심에
그는 백성을 다스리지 않았을 것이며, 지금 나의
적들이 원하던 것에 내가 참여하였더라면,
혹은 당파 어느 한쪽이 원하는 것에 참여하였더라면
이 도시에서 더욱 많은 사람이 가난해졌으리다.
그 때문에 나는 여기저기 모두와 싸웠으며   25
개떼에 포위된 늑대처럼 사방으로 몸을 돌려 싸웠다.

37W

나는 백성을 공공연히 비난해야 하겠다.
그들은 꿈에서조차 볼 수 없었을 것을,
나의 조치가 있어 지금 가지고 있는 것이다.
이 땅에 사는 커다란 부자 권력자들은 나를
칭찬하고 친구로 여겨야 할 것인 바, 만일   5
다른 사람이 지금 내가 맡고 있는 관직을
수행했다면 어떻게 달라졌을지 알아야 한다.
그는 백성을 다스리지 않고 끊임없이 뒤엎어
자신이 이익을 얻을 때까지 멈추지 않았으리다.
하지만 나는 나의 자리를 양쪽 당파의 가운데   10
자리 잡았다, 양편의 경계에.

11 이뷔코스[1]

1E

모과나무들과
시냇물 차가운 물에 젖은,
남의 손 타지 않은 처녀들의
정원에서 그늘진
포도 넝쿨에서 돋아난 포도나무 잎들이   5
봄을 맞아 푸르다. 나에게 에로스는,
한 번도 잠들지 않고
번갯불처럼 타오르는 퀴프리스가
보낸 트라키아의 폭풍은
그렇게 어지러운 광기로 어둡고 무섭게   10
나의 영혼을 깊이
강력한 힘으로 쥐고 흔든다.

2E

에로스가 다시 검푸른 눈썹 아래 슬픔을
감추고 있는 눈으로 바라보며
모두를 제압하는 마법으로 나를 끝이 없는

---

1 이뷔코스는 6세기 후반에 활동한 희랍 시인으로, 이탈리아 남부 대희랍의
도시 레기움 출신이다. 폴뤼크라테스가 통치하는 사모스에서 궁정시인으로
활동했다. 알렉산드리아 시인들이 뽑은 아홉 명의 대표 희랍 시인 가운데 한
명이다.

퀴프리스의 그물로 몰아넣었다.
참으로 나는 다가오는 그로 인해 떨고 있으며   5
멍에를 진 말처럼, 승리를 거두었던 이젠 늙은 말처럼
원하지 않지만 빠른 마차를 끌고 경주하러 달려간다.

6E

에우뤼알로스여, 빛나는 카리스 여신들의 꽃이여,
아름답게 머리 묶은 여신들의 사랑이여, 너를 퀴프리스와
부드럽게 바라보는 페이토[2]가 장미꽃들 속에 양육하였다.

8E

휘페리온의 아들 헬리오스는 황금의 잔[3]을
올라타고 오케아노스로 건너간다.
신성하고 빛이 없는 깊은 밤으로,
어머니, 아내와 사랑하는 자식들에게로 간다.
제우스의 아들은 걸어서 그늘진 월계수 나무들이
가득한 숲으로 들어간다.

---

2 설득의 여신.
3 태양의 마차.

9E

밝아오는 아침엔 노래하는 새들이 잠을 깨운다.

18E

이 이야기는 사실과 다르다.
당신은 잘 지은 배에 앉았던 것이 아니며
트로이아의 잔치로 이끌려 간 것이 아니다.

25E

나는 두렵다. 대중의 존경을 받고자 신들께 불경할까.

67E

다르다노스의 아들 프리아모스의
거대한 도시, 이름 높고 풍요로운 도시를
아르고스로부터 찾아와서
위대한 제우스의 뜻에 따라

금발 헬레네를 위해 수없이 노래 된 싸움을 싸우며   5
많은 눈물을 자아내는 전쟁에서 파괴했다.
오랜 시련을 겪은 페르가몬[4]을

---

4 트로이아.

금발의 퀴프리스 때문에 복수가 덮쳤다.

이제 내게는 환대를 배신한 파리스를,   10
발목이 가녀린 카산드라를,
다른 프리아모스의 자식들을
노래할 마음이 없다.

문이 높은 트로이아가
몰락하던 이름 없는 날을.   15
그리고 영웅들의 이름 높은 용기를
이어 노래하지 않으리니,

많은 못을 박은 속이 빈
배들이 영웅들을 트로이아의 불행으로 데려왔다.
영웅들을 플레이스테네스[5]의 자손이,   20
백성들의 왕 아가멤논이,
고귀한 아트레우스의 아들이 데려왔다.

그런 일들은

---

5 플레이스테네스는 탄탈로스의 아들 펠롭스가 낳은 아들이다. 다시 그는
두 아들을 두었는데 아트레우스와 튀에스테스다. 아트레우스는 아가멤논과
메넬라오스의 부친이다.

헬리콘산의 무사 여신들이 지혜로운 목소리로 노래한다.
인간은 살아생전 배들에 관해   25
모든 것을 노래할 수 없을 것이다.

어떻게 메넬라오스가 아울리스 항에서
아이가이오스의 바다를 지나 아르고스에서
말을 먹이는 다르다노스의 땅[6]을
찾아가게 되었는지,   30

어떻게 전사들이 청동 방패를 갖고,
아카이아의 아들들 가운데 싸움에 가장 능한 사내
발이 빠른 아킬레우스가 왔는지,
강력하고 용감한 텔라몬의 아들 아이아스   34

(35~39행 내용 미상)
그는 황금의 허리띠를 맨   40
휠리스에게서 태어난 아들이다. 그에 비해
트로일로스[7]는 청동에 비교되는
세 번이나 정화된 황금으로 보였으니,

---

6 트로이아.
7 프리아모스와 헤쿠바 사이에서 태어난 트로이아의 왕자로, 아직 어린
나이에 전투에 나갔다가 아킬레우스에게 죽임을 당했다.

다르다노스의 트로이아 사람들은
그의 아름다운 모습을 사랑하였다.   45
그들에게 아름다움은 영원하며,
당신 폴뤼크라테스[8]여, 불멸의 명성이 있으리,
나의 노래와 명성처럼

---

8 사모스섬의 통치자 아이아케스의 아들로, 기원전 538년 부친의 뒤를 이어
사모스를 통치했다.

12 아나크레온[1]

1E

저는 당신 앞에 무릎을 꿇습니다.
사슴을 사냥하는 신이여, 제우스의
금발 따님이여, 사나운 짐승들의 주인
아르테미스여. 당신은 지금 레타이오스[2]
강변의 소용돌이에서 두려움을 모르는   5
남자들의 도시를 즐거운 마음으로
바라다봅니다. 당신은 결코 유순한
백성들을 길들이지 않기 때문입니다.

2E

주인이여, 에로스와 젊은 짐승,
검은 눈동자를 가진 숲의 처녀들과
자줏빛 붉은 옷을 입은 아프로디테가
어울리며 당신이 함께 높은 산등성이의
험산 준령을 호령하실 때   5

---

1 아나크레온은 기원전 582~485년까지 살았던 희랍 시인으로, 소아시아의
도시 테오스 출신이다. 알렉산드리아 학자들이 꼽은 아홉 명의 희랍 대표
시인 가운데 한 명이다. 폴뤼크라테스가 다스리던 사모스에서 활동했으며,
폴뤼크라테스가 죽은 후에는 여러 도시를 떠돌았으며, 아테네의 참주
힙아르코스의 초청을 받아 아테네에 머물렀다.
2 마이안드로스강의 지류로, 도시 마그네시아를 관통한다. 근처에
아르테미스 신전이 있다.

당신 앞에 엎드립니다. 부디 저희를 아껴
찾아 주시며, 저의 소망을 당신께서
귀 기울여 받아 주시길 빕니다.
클레오불로스에게 좋은 마음을 주십사
디오뉘소스여, 저의 사랑을   10
받아들이게 만들어 주소서.

3E

클레오불로스에게 나는 사랑을 느껴
클레오불로스에게 나는 반쯤 미쳐
클레오불로스에게 나는 갈증을 느낀다.

4E

소녀의 얼굴을 가진 소년아
나는 너만을 찾는데 너는 나를 듣지 않고
너는 나의 영혼을 조종하는 고삐를
쥐고 있음을 알지 못하는구나.

15E

다시 황금빛 머리카락의 에로스는
나에게 자줏빛 공을 던져주었고
나를 이끌어 울긋불긋 장식된 신을

신고 있는 처녀와 놀라고 명하신다.
그러나 그녀는, 그녀는 아름다운   5
레스보스 출신으로 나의 머리카락을
희다고 타박한다. 그녀는 다른 남자를
고집스레 꿈꾸고 희망한다.

21E
다시 나는 몸을 날려 은백의 절벽에서
사랑에 빠져 백발의 파도 속으로 뛰어든다.

22E
누가 매력적인 청춘의 즐거움에 마음을 두고
감미로운 피리에 맞추어 춤을 추겠는가?

25E
나는 가벼운 날개로 올륌포스로 날아 올라간다.
사랑 때문이니 내 소년이 나와 더불어 청춘이길 거부한다.
에로스는 나의 턱수염이 세는 것을 보았으며,
황금빛의 날개에서 이는 바람으로 날아 올라간다.

47E
에로스의 주사위는 이름 붙이되

욕망의 광기, 전쟁의 포효라 하겠다.

48E

다시 에로스는 거대한 망치로 대장장이처럼 나를
두들기고 얼음장 시냇물에 나를 담근다.

51E

죽음이 나에게 허락된다면 좋으련만. 다른 길이 없어
이런 고통에서 나를 벗어나게 할 방법이 달리 없구나.

52E

어린 노루에게 말을 걸듯 부드럽고 친절하게,
숲 속에서 뿔 달린 어미에게서 벗어나려 하지 않고,
벗어나면 굉장히 두려워하는 어린 노루처럼.

68E

나로 말하자면 모든
끔찍하고 혐오스럽고 거친 자들을
증오한다. 나는 네가, 메기스테스여,
조용한 자들에 속함을 안다.

69E

귀밑머리는 벌써 허옇고 윗머리도 일찌감치 세었다.
젊음의 활기참은 나를 떠났으며 치아도 늙었다.
하여 나는 종종 신음하며 타르타로스를 두려워한다.
그곳에는 두려운 하데스의 심연이 있고, 거기에 이르는
길은 끔찍하니 한 번 내려가면 돌아오지 못한다.　　　　5

72E

나의 말 때문에 소년들은 나를 사랑할 것이다
내 노래는 매력적이며, 매력적인 것을 나는 부를 줄 안다.

76E

자, 나의 소년아, 우리에게
술병을 가져오렴. 먼저 시험 삼아
마셔 보자꾸나. 열 잔의 물을
붓고, 다섯 잔의 포도주를
부어라. 그리하여 점잖게 취해　　　　　　5
그래 박코스를 모시도록 하자.

아니다, 우리는 그래 술 마시며
시끄럽게 스퀴티아 사람들처럼
와자지껄 소리치지 말자.
아름다운 노래를 부르는 가운데　　　　　　10

즐겁게 적당히 마시자.

84E
트라키아의 암말이여, 왜 나를 그런 눈으로 쳐다보는가?
왜 내게 냉정하며, 마치 내가 알지 못한다고 생각하는가?
들어라, 나는 네게 훌륭한 재갈을 물릴 줄 알며
고삐를 맬 줄 알며, 너를 타고 반환점을 돌 줄 안다.
그러나 너는 단지 어린아이처럼 풀을 뜯고 뛰어다니며   5
놀고 있으니 너는 너를 몰아 줄 마부를 얻지 못했구나.

96E+97E
그는 머리에 허리가 말벌처럼 잘록한 모자를 쓰고
귀에는 나무로 만든 주사위를 걸고, 옆구리와 갈비에는
망가진 방패에 입혔던

반질반질한 소가죽을 두르고, 그는 빵을 파는 여인들과
예쁘장한 소년들과 놀았나니, 막돼먹은 아르테몬은   5
꼴사납게 살았다.

때로 그는 목에 칼을 써야 했고, 때로 마차 바퀴를 목에
써야 했으며, 채찍질로 등껍질이 벗겨 나가야 했고
머리와 턱수염은 남아나지 않았다.

그런데 그는 지금 금박 옷을 입고 마차를 타고 간다.   10
행운의 아들인 그는 상아로 장식한 차양 아래 앉았다.
여인들만 쓰는 양산 아래.

102E

나는 지저분한 여인이 되었으며 당신 욕망 때문에
나는 흐늘흐늘한 여인이 되었다.

104E

나는 다시 사랑하고 사랑하지 않는다.
나는 기쁘고 기쁘지 않다.

116E

큰 술독을 끼고 마시며 다툼과 전쟁과 눈물을
자아내는 일들을 말하는 사내를 나는 사랑하지 않는다.
무사 여신들의 선물과 아프로디테의 빛나는 선물을
버무려 즐거운 쾌락을 깨우는 사내를 사랑한다.

아나크레온(고대 로마 시대 흉상)

13 시모니데스[1]

19E

진정 선한 사람이 되는 것은 어려운 일.
팔이나 다리에 그리고 이성에
정사각형의 무결점은 어렵다.
(4~10행 탈락)

내가 보기에 피타코스[2]의 말은 옳지 않다.   11
물론 현명한 사람이 남긴 말이긴 하지만.
그는 훌륭해지는 것은 어렵다고 말했다.
그러나 그것은 오로지 신의 몫이겠다.
인간은 겨우 불행하게 되지 않는 정도이니   15
감당할 수 없는 곤궁에 처하지 않는 정도.
성공한 사람은 누구나 행복할 것이고
성공하지 못하는 사람은 누구나 불행할 것이지만
(19~20행 탈락)

그 때문에 나는 불가능한 일을 찾지 않는다.
내 삶을 불가능한 희망에 걸지 않는다.

---

1 시모니데스는 기원전 556~468년까지 살았던 희랍 시인으로, 케오스섬
출신이다. 알렉산드리아 학자들은 그를 아홉 명의 희랍 대표 시인 가운데 한
명으로 뽑았다.
2 레스보스섬 뮈틸레네의 참주로 7현인 가운데 한 명이다.

넓은 대지가 주는 열매를
모으고 사는 우리 가운데
전혀 흠잡을 데 없는 사람을 찾는 것.   25
만약 내가 그런 사람을 찾는대도
당신들에게 알리지 않을 것이다.
나는 다만 의지로 창피한 일을 하지 않으려는
사람들을 칭송하고 사랑한다.
신들도 필연에 맞서 싸우지 않는다.   30

(31~33행 탈락)
너무 악하지도 않고 너무 어리석지도 않으면
충분하고 나는 만족한다.   35
공동체를 지탱하는 법을 이해하는 사람이면
건강한 사람이면 ── 그를 나는
욕하지 않는다. 무가치한 세대가 셀 수 없이 많다.
흉하고 추한 것에 섞이지 않는
모든 것은 아름답다.   40

21E
테르모퓔라이에서 전사한 사람들에게
죽음은 드높고 몰락은 아름답고
그들의 묘는 제단. 비탄 대신

기억, 동정 대신 칭송.
쇠락, 모든 것을 집어삼키는 시간도   5
훌륭한 남자들의 묘비를 훼손하지 못하며
성역에 헬라스의 영광이 거처를 마련하였다.
용맹이라는 위대한 훈장과 누구도 넘볼 수 없는
명예를 남긴 스파르타의 왕 레오니다스[3]가 그 증인.

22E
한낱 인간일지니 내일 무엇이 있을지 안다 생각지 말며
행복한 사람을 보거든, 얼마나 오래 갈지 안다 말라.
이리로 저리로 날개를 펴고 어지럽게 날아다니는 파리의
비행보다 운명의 변화는 급작스럽고 급작스러울 것이다.

26E
먼 옛날 어느 적엔가 살았던 사람들,
지배자 신들에게서 태어난 반신반인의 자식들도
고통 없이 미움 없이 위험을 모르고 살다가
노년의 목적지에 도달하는 일은 불가능했다.

---

3 기원전 480년 페르시아군을 맞아 300명의 스파르타 병사를 이끈
스파르타의 장군이다.

27E

잘 만들어진 나무상자가 불어오는 바람에
흘러가는 물결에 흔들리며 그녀를 두려움으로
몰고, 그녀의 볼에는 눈물이 마르지 않는다.
그녀는 그녀의 품에 페르세우스[4]를 안고
"아들아, 이 얼마나 큰 시련인가? 너는 잠잔다.   5
젖먹이와 같이 너는 즐거움이 없는 상자에,
청동 못으로 닫아놓은 어둠 속에서 잠들어 있었다.
── 검푸른 어둠 속에서.
너의 짙은 머리카락 위로 소금 물결이
파도치며 쏟아질 때 너는 두려워하지   10
않으며, 너의 고운 얼굴을 자줏빛의
담요에 밝게 누이고 너는 폭풍 소리에도
울지 않는다. 만약 무언가 두려워할 무엇이
네게 무서움을 줄 때, 너는 여린 귀로
나의 말을 듣는다. 나는 말하노니,   15
잘 자라, 내 아기, 파도도 잠들어라,
나의 시련도 그만 잠들어라. 아버지 제우스여,
당신이 보낸 운명의 전환이 있으라.

---

4 제우스와 다나에의 아들 페르세우스를 가리킨다. 다나에의 아버지
아크리시오스는 딸 다나에와 갓 난 페르세우스를 나무 상자에 넣어 바다에
던졌다.

나의 소원이 지나치고 잘못되었다면
이를 용서해 주시길."   20

28E
결국 모든 것은 두려운 카륍디스로 빨려 들어간다.
위대한 업적들도, 돈을 많이 가진 자도.

29E
인간의 능력은 작으며 그의 노력은 헛되며,
짧은 삶에 수고에 수고가 이어져
모두에게 공평하게 피할 수 없는 죽음이 온다.
선한 사람이나 악한 사람이나 모두 마찬가지.

31E
이성은 린도스의 클레오불로스[5]에게 동의하지 않으니
그가 영원히 물 흐르는 강물과 봄에 피어나는 꽃들과
태양이 내뿜는 열기와 황금의 달이 보는 빛과
바다의 파도와 묘비명의 수명을 동일하게 놓았으나,
물론 모든 것은 신들보다 약하고, 그런 한 조각 돌덩이는   5

---

5 린도스는 로도스섬의 도시이며, 클레오불로스는 기원전 600년경 이
도시를 다스리던 참주다.

사람 손으로도 부서지는 것. 그의 생각은 어리석다.

32E
신들이 없다면 덕을 누구도
얻을 수 없고, 어떤 도시도, 어떤 사람도
얻을 수 없다. 신은 만물 가운데 지혜롭고,
인간에게는 어느 것도 상처 없는 것이 없다.

33E
불행치고 인간에게 닥치지 않으리라고
확신할 수 있는 것은 없으니, 짧은 시간
신은 모든 것을 뒤집어 버린다.

51E
수많은 새가 그의 머리 위에
맴돈다. 물고기들은 검푸른 물 위로
아름다운 노래에 끌려 솟아오른다.

52E
나뭇잎을 떨어뜨리는 바람의 숨결도 멈추었다.
꿀처럼 달콤한 목소리를 울리고 멀리 퍼뜨려
사람들의 귀에 닿을 수 있도록.

65E

이런 말이 있다.

덕은 오르기 어려운 절벽에

살고 있다고, 가파른 꼭대기에 홀로

그녀의 순수한 영역을 지키고 있다고 한다.

그녀는 죽기 마련인 인간의 눈에 보이지 않으며   5

고통스러운 땀을 쏟았을 때만이

인간의 최고봉에 다다를 수 있다.

99E

키오스의 시인[6]이 남긴 말 가운데 가장 아름다운 하나.

"인간들의 가문이란 나뭇잎의 그것과도 같은 것이오."[7]

이 말을 그들의 귀로 들은 죽을 운명의 인간들 가운데

이를 가슴에 담는 자는 드물다. 왜냐하면 젊은이들의

가슴에 자라나는 희망이 자리하기 때문이다.   5

죽을 운명의 인간이 많은 것을 원하는 젊음의 꽃을

가진 한, 그는 어리석은 마음으로 끝없으리라 생각한다.

늙게 될 것도 죽게 될 것도 생각하지 못하기 때문이다.

건강할 때는 병약할 줄 모르는 법.

---

6 호메로스.

7 『일리아스』 6권 146행.

그런 마음을 가진 자들은 불쌍하다, 어리석다, 모른다. 10
죽을 운명의 인간들에게 젊음과 생명이 얼마나
짧은가. 그러나 당신은 이를 명심하여 생의 끝에서
즐거운 일들에 즐거워하며 마음으로 견뎌라.

119E
여행자여, 당신은 라케다이몬 사람들에게 전하라!
명령을 충실히 따르다 우리가[8] 여기에 누워 있다고.

120E
이것은 유명한 메기스티아스의 묘비다. 메디아가
말리스 땅으로 쳐들어와 그를 전투에서 죽였다.
그는 선견지명이 있어 닥칠 죽음을 알았다.
하지만 도망치지 않고 스파르타의 군대에 머물렀다.

---

8 테르모퓔라이 전투에서 전사한 스파르타 병사들 300명을 가리킨다.

14 테오그니스[1]

(1행 이하)
레토의 아드님, 제우스의 자손이여, 결코 저는 당신으로
시작하고 당신으로 끝내기를 잊지 않을 것입니다.
영원히 시작에서나 끝에서나 그리고 중간에서도 저는
당신을 노래합니다. 제 말을 듣고 축복을 내리소서.

(19행 이하)
퀴르노스[2]여, 지혜로운 가르침에 인장을 찍는다.
누구도 이것을 빼앗아가지 못할 것이다.
누구도 이 훌륭함을 못난 것으로 바꾸지 못할 것이다.
모두가 말할 것이다. "이 노래는 저 메가라의 시인
테오그니스의 것이다. 그 이름은 모두가 알고 있다."
오로지 고향에서만 나의 업적이 칭찬받지 못한다.
놀랄 일이 아니다. 폴뤼파오스의 아들이여. 제우스도,
비를 뿌려도 뿌리지 않아도, 모두를 기쁘게 하지 못한다.
하나 퀴르노스여, 너에게 너를 친구로 생각하여 가르침을
전하고 싶다. 내가 소싯적에 귀족들에게 배운 것들을.

---

1 테오그니스는 기원전 6세기 말에서 5세기 초에 활약한 희랍 시인으로,
메가라 출신이다. 그는 무려 1389행에 이르는 문집을 남겼다. M. L. West의
편집본을 따른다.
2 테오그니스가 아끼고 가르치는 소년.

(29행 이하)

사려 깊게 처신하여라. 더러운 행위나 불법을 하면서까지
명예나 업적 또는 재산을 억지로 추구하지 마라.   30
이것이 하나다. 다음으로 악인들과 어울리지
말고, 오로지 좋은 사람들만을 신뢰하여라.
항상 이들과 식사하고 마시고 이들과 어울려라.
네가 이 나라에서 권력자들의 마음에 드는지 살펴라.
그러면 너는 선한 사람들로부터 선한 것을 배우게 된다. 35
만약 악인들과 관계한다면, 너는 이성을 잃게 될 것이다.
명심하여 좋은 사람들과 어울려라. 그러면 내가
친구로서 한 조언이 옳음을 알게 될 것이다.
퀴르노스여, 나라는 지금 임신 중이다. 곧 우리의 심각한
죄과의 징벌자가 태어나지 않을까 걱정이다.   40
시민들이 아직은 이성을 유지하고 있지만 선동자들은
재앙이 웅크리고 있는 나락으로 몰려들고 있다.

(53행 이하)

퀴르노스여, 나라는 여전히 한 나라다. 하나 민족은
달라졌다. 이전에는 정의와 법을 전혀 모르던 자들,
낡고 털투성이의 가죽으로 몸을 덮어 가리던 자들이,   55
산속 붉은 사슴들처럼 저 벌판에 모여 날뛰고 있다.
그들이 이제 '좋은 자'들. 이전에 뛰어난 자들은

지금은 천민이 되었다. 참을 수 없는 일이다.
모두가 서로 속이고 서로 비웃는다. 기억이라곤
없어 나쁜 것도 좋은 것도 그들은 갚지 않는다.   60
퀴르노스여, 무슨 일을 원하든, 무슨 일을 계획하든,
이런 시민 가운데 누구도 진정한 친구로 삼지 마라.
대신에 모두와 외관상 형식적 우정은 유지하되
누구와도 진지한 이해관계를 맺지 마라. 그러지 않으면
그들은 너에게 곧 비열한 의도를 드러낼 것이다.   65
하나 그리 된다면, 그 관계를 조금도 신뢰하지 마라.
더는 잃어버릴 것이 없는 모든 사람처럼
그들에게 사기와 위선과 교묘한 술수만이 남았다.

(89행 이하)
깨끗한 심성의 나를 좋아하라, 아니면 절교를 고하고
나를 증오하라. 그리고 싸움을 공개적으로 시작하라.   90
퀴르노스여, 왜냐하면 한 입으로 다른 말을 하는 사람은
나쁜 친구이니. 아니 그는 차라리 적이나 마찬가지다.

(129행 이하)
너를 빛낼 미덕을 기원치 마라. 폴뤼파오스의 아들아,
재물을 달라 기도하지 마라. 오직 하나, 행복을 원하라. 130

121

(145행 이하)

청렴을 유지하고, 불법적으로 획득한 145
재산을 즐기기보다는 차라리 궁핍한 삶을 영위하라.
정의 속에 탁월함이 모두 들어 있다, 퀴르노스여!
그러므로 올바르게 행동하는 사람은 누구나 훌륭하다.

(183행 이하)

퀴르노스여, 우리는 숫양과 당나귀, 수말을 상대로
사육에 힘쓰고, 세심하게 좋은 품종을 고르려 한다.
하지만 형편없는 집안의 형편없는 여자를 취한다 해도 185
지참금만 많다면 귀족에게 상관이 없다.
또 여인들도 기꺼이 하찮은 남자에게로 갈 것이다,
그가 재산이 많다면. 좋은 사람은 아니어도 부자면 된다.
돈에 명예가 붙기 때문. 귀족은 천민과 친척이 되고,
천민은 우월한 자와 친척이 된다. 재산이 피를 섞는다. 190
폴뤼파오스의 아들이여, 그러니 놀라지 마라.
귀족과 천민이 서로 섞여 혈통이 사라진다 해도.

(211행 이하)

과음은 나쁜 것이다. 하나 어떻게 마셔야 하는지
알기만 한다면 포도주는 해가 아니라 이익이 된다.
퀴르노스여! 현란한 변화로써 모든 친구를 대하라.

너를 상대에 따라 그와 같은 방식으로 맞추어라.
자신이 달라붙어 있는 돌들과 비슷해지는   215
형체 없는 말미잘의 방식을 받아들여라.
너 자신의 색깔을 시간과 기회에 맞추어라.
영리함은 완고함보다 강력하다.

(221행 이하)
자기 자신만이 현란한 교활함을 사용할 수 있고,
남은 아무것도 알지도 하지도 못한다고 생각하는 사람은
실제로는 어리석으며 그의 마음은 굽어 있다.
어쩌면 우리는 모두 현란함을 이해하고 있다. 하나
누구는 악취 나는 이득을 좇으려 하지 않으며,   225
누구는 가짜와 약삭빠른 사기를 끌어들인다.

(233행 이하)
꿈 깨지 못한 대중에게 고귀한 자는 성곽이자 탑이다.
나의 퀴르노스여, 하나 그는 큰 존경을 받지 못한다.

(237행 이하)
나는 네게 날개를 주었고 너는 날개로 가볍게 날아
끝없는 바다 위로, 모든 땅 위로 날아 움직이도록 하라.
너는 모든 연회장에, 모든 축제에 참석하게 될 것이다.

너의 이름은 많은 사람의 입에 오르내릴 것이기에.　　240
매력적인 젊은이들이 피리 소리에 맞추어 너를
조화롭고 아름답게 부를 것이다.
네가 언젠가 대지의 어두운 심연으로 내려가
탄식만 들리는 집에 살게 된다 해도.
즉 죽어서도 너는 명예를 잃지 않는 것이다. 너의 이름은 245
항상 이 세상에서 불멸의 명성을 가지는 것이다.
퀴르노스여, 너는 전 희랍을 돌고 섬들을 방문하고,
끔찍한 깊이의 넘실거리는 바다를 넘어
가까이 오게 될 것이다. 말안장에 앉아 여행하지 않고,
무사 여신들이 준비해 준 화려한 시어들에 실려서.　　250
특히 예술에 전념하는 모두에게 넌 지금이나 먼 후에나
노래가 될 것이다, 태양과 대지가 존재하는 한.
하나 이 말을 하는 나를 전혀 존중도 배려도 않고,
내가 마치 어린아이인 양 넌 항상 내 말을 막는다.

(255행 이하)
최고 정의는 최고선. 최고 이익은 건강.　　255
가장 큰 기쁨은 자기가 원하는 것을 얻는 것.

(267행 이하)
가난은 형제자매처럼 가까우면서도 멀다.

가난은 민회를 피하고 법정을 피한다.
가난은 어디서나 손해를 보며 모두에게 외면당한다.
가난이 찾아가는 곳 어디서나 가난은 적이다.　　　270

(293행 이하)
가장 힘센 동물 사자조차도 먹을 고기를 항상 얻는 것은
절대 아니다. 그 역시도 곤경의 손에 꽉 잡혀 있다.

(301행 이하)
쓸쓸하고 달콤해야, 사랑스럽고 냉정해야 한다.
하인과 노예를, 또 주위의 이웃을 대할 때에도.

(305행 이하)
나쁜 인간은 원래부터 나쁘게 태어난 것이 아니다.　　305
나쁜 사람들을 친구로 선택하면서 그렇게 된 것이다.
그들은 듣는 모든 것이 얼마나 잘못된 것인지 모른 채,
거칠고 비열하고 추하게 행동하고 말하는 것을 배웠다.
식사 자리에서 어울려 무엇보다 이성을 잘 써라.
무엇이 일어나는지 눈치채지 못한 것처럼 행동하라.　　310
농담을 곁들여 네게 권력을 주는 것을 획득하라.
사람들 각각의 방식을 철저히 익혀두라.
떠들썩한 무리 가운데에서 나는 느긋하게 즐긴다.

성실한 사람들 가운데 나는 성실함 그 자체다.

(323행 이하)
퀴르노스여, 언짢은 기분에 빠져 매우 사소한 동기로
친구를 저버리는 것은 어떤 경우에도 잘못이다.
우리가 친구들의 잘못 하나하나에 화를 낸다면,   325
우정이나 친밀한 관계는 불가능하다.
사멸하는 인간 모두는 과오로 더럽혀져 있다. 퀴르노스여.
오로지 신만이 완벽하게 깨끗하다.

(335행 이하)
지나치게 하지 마라. 항상 중용을 지켜라. 퀴르노스여. 335
그럴 때만이 너는 목표에, 얻기 힘든 가치에 이른다.
제우스여, 도와주는 친구들에게 우정을 갚도록 하소서,
그리고 우월한 권력으로 적들을 물리치도록 하소서.
다른 사람들에게 당한 것을 갚은 자로 죽게 된다면,
퀴르노스여, 인간들 앞에서 나는 신이 될 것이다.   340

(341행 이하)
올림포스의 제우스여, 정당한 요청을 들어주소서.
고통에 대한 보상으로 이제 성공도 하나 내려주소서!
끝없이 불행에 시달리느니 죽음이 낫습니다.

왜 저는 저를 괴롭힌 자들을 괴롭혀서는 안 됩니까?
물론 그것은 유치한 짓입니다. 하지만 비열한 폭력을 써서 345
저의 전 재산을 빼앗아 간 사람들에게
복수할 가능성이 전혀 없습니다.
야비한 이들의 피를 빨 수 있다면! 아, 제 소원을
들어주는 선한 섭리가 생겨난다면!

(355행 이하)
퀴르노스여, 친절한 운명이 네게 보낸 좋은 것을　　　355
즐긴 다음 불행이 온다 해도 평정을 잃지 말라.
그리고 행복이 근심으로 바뀌는 것처럼 너도 이제 다시
위기에서 벗어나도록 노력하라, 신의 가호를 청하면서.
혹독한 고난이 네게 닥쳤는지 보이지 말라. 왜냐하면
고통의 무게를 보인다면 위기의 너를 도와줄 자 없으리라. 360

(361행 이하)
나의 퀴르노스여, 어떤 사람이 무거운 고통에 부닥치면
심장은 오그라든다. 이를 갚자마자 심장은 다시 부푼다.
적을 적당히 유인하라. 그가 완전히 수중에 들어온 다음
완곡한 표현을 던져버리고 그에게 복수를 행하라.
영리하다면 나서지 말라. 입으로는 좋은 말만 하라.　　365
저질의 사람들만이 성급한 마음을 가지고 있다.

나는 이 나라를 이해하지 못하겠다, 무엇을 원하는지.
내가 해를 입혀도 이롭게 해도, 그들은 만족하지 않는다.
많은 이가 나를 비난한다. 고귀하나 나쁜 이나 모두.
하나 바보 중 누구도 나처럼 행동할 수 있는 사람이 없다. 370

(381행 이하)
신은 죽을 운명의 인간들에게 정당한 것을 주지 않았고,
신들로 향하는 우리의 길을 가리켜주지도 않았다.

(409행 이하)
퀴르노스여, 자식들을 위해 모을 것으로 사람들이
훌륭한 이에게 바치는 존경심보다 좋은 보물은 없다.   410

(425행 이하)
대지의 인간에게 더없이 좋은 일은 태어나지 않는 것,   425
뜨겁게 타오르는 햇빛을 보지 않는 것이다.
일단 태어났다면 서둘러 하데스의 문을 통과하는 것,
넉넉한 흙을 뒤집어쓰고 누워 있는 것이다.

(467행 이하)
손님 중 누구도 억지로 붙잡지 마라.
또 가고 싶어 하지 않는 사람을 보내지도 마라.

시모니데스[3], 포도주에 정신이 마비되고 잠이 부드럽게
감싸 안아 그렇게 조는 사람이 있다면 깨우지 마라.　　470
아직 정신이 말짱한 사람을 억지로 재우지도 마라.
우리의 자유를 제한하는 강요는 모두 괴로운 것이다.
그러나 마시고 싶은 사람에게는 잔을 가득 채워 주어라.
특별한 밤이고 우리는 이 밤을 만끽한다.
그러나 아무리 맛있는 술이라도 나는 나의 주량이 있어　475
집으로 돌아간다. 나를 풀어놓는 잠 속으로 빠지고 싶다.
나는 포도주의 효력으로 기분이 유쾌해져
더는 정신이 맑지 않지만, 매우 취한 것은 아직 아니다.
술을 마실 때 지나치게 마시는 사람은
말과 이성을 더는 통제하지 못한다.　　480
말실수를 하고, 취하지 않은 사람들을 공격하며
포도주의 위력으로 행동은 거리낌이 없다.
방금 이성적이나 이제 아이같이 유치하다. 그러니 내 말을
명심하여라. 너에게 적당한 이상의 술은 마시지 마라.
때때로 탁자에서 일어나라. 배에 굴복하지 마라.　　485
그런 일은 순간만을 사는 노예들에게나 맡기라. 아니면
자리에 남아 술을 마시지 마라. 나는 그대가 항상

3　시모니데스는 기원전 6세기 말에서 5세기 초에 활약한 희랍 시인. 페르시아
전쟁 당시 조국의 전몰 용사에 대한 시를 지었다.

"한 잔 더!" 외침을 듣는다. 어리석은 자여, 취한 것이다.
친구의 안녕을 위한 잔을 들고, 이어 술판이 뒤따르고,
다음엔 헌주가, 다음엔 상황에 따른 여러 일이 이어진다. 490
하나 그대는 아니라는 말을 모른다. 엄청 마시지만
실수하지 않는 자는 영웅이자 승리자임에 틀림없다.
하나 그대들, 술독에 붙은 그대들은 즐겁게 대화 나누고
불과 흑사병처럼 둘러앉은 탁자에서 논쟁을 피하라.
그대들이 말하는 것은 모두에게 공통되는 것이길.   495
그렇게 되면 축제 분위기가 계속 이어질 것이다.

(497행 이하)
술은 어리석은 자는 말할 것 없이 이성적인 자라도
정도를 지나치면 머리를 즉시 텅 비게 한다.
지혜로운 이들을 금과 은을 불로 가려내는 것처럼,
그렇게 포도주는 사람의 생각을 드러내 보인다, 그가   500
아무리 현명할지라도. 감추었던 나쁜 마음을 모두
들추어, 결국 아무리 현명해도 창피를 당한다.

(529행 이하)
나는 천생 노예의 성격이 아니다. 나는 동료들과
나와 친한 사람들과 친구들을 배반한 적이 없다.   530

(547행 이하)
누구에게 악의를 품고 폭력을 가하지 마라. 왜냐하면
정의에는 타인에게 선행하는 것보다 좋은 것이 없다.

(561행 이하)
내가 원하는 것은 재산이다. 더 나아가 적들의
엄청난 재산을 친구에게 가지라고 선물하는 것이다.

(627행 이하)
정신 맑은 사람들 속에 술 취한 것은 세련되지 못한 일.
술자리에서 정신이 맑은 것도 세련되지 못한 일.

(637행 이하)
낙관적인가? 혹 앞길이 험난해 보이는가? 인간 삶에
이 둘은 서로 닮아, 이것도 저것도 위험한 힘이다.

(667행 이하)
시모니데스, 내가 전처럼 부자라면, 좋은 사람들과
모여 앉아 있는 것이 이토록 괴롭지 않을 것이다.
하나 그저 지켜만 볼 수 있을 뿐. 가난이 나의 입을
막아버린다. 다른 많은 시민보다 분명히 알고 있지만.   670
하얀 돛대를 내린 후 우리가 지금 멜리오스의 바다에서

어두운 밤을 뚫고 표류하고 있음을.
누구도 물을 퍼 올리려 하지 않는다. 하나 격랑이
갑판 위 양쪽으로 덮쳐온다. 그들이 그렇게 처신한다면,
배 위의 누구도 몰락을 피하기 어렵다. 그들은 앞을   675
잘 살피는 유능한 항해사를 해고해 버린다.
뻔뻔스럽게도 그들은 부유해지고, 전체를 위한 세금은
제대로 들어오지 않는다. 교육이란 교육은 사라졌고,
선원이 지휘하고 못난이들이 잘난이들 위에 서 있다.
나는 두렵다, 바다가 배를 삼켜 버릴까 봐.   680
이것을 나는 좋은 사람들을 위해 수수께끼로 숨겨
놓았다.

나쁜 사람도 어쩌면 풀이할 것이다. 영리하기만 하다면.
많은 부자는 미(美)를 모른다. 다른 이들은 미를
찾지만, 가난과 고통스러운 곤궁이 그들을 내리누른다.
이리저리 그들이 성과를 이룰 수 있는 문은 닫혀 있다. 685
누구는 돈이 없고, 누구는 적당한 지적 능력이 없다.

(695행 이하)
나에게는 구제책을 모두 제공할 힘이 부족하다.   695
마음을 진정하라. 다른 이들도 너처럼 미를 찾고 있다.

(757행 이하)

우리 고향, 국가를 항상 치욕에서 보호하기 위해
천상의 제우스께서 수호의 손을 내밀어 주기를.
그와 천상의 다른 신들도. 아폴론은
우리의 입과 정신을 올바른 길로 이끌지어다.   760
뤼라는 피리와 함께 성스러운 음색을 내고
빛나는 포도주를 신들에게 헌주한 다음
우리도 유쾌하게 대화하며 술을 마시자.
페르시아군과 싸울 전쟁을 걱정하지 말고.
시간이 명하는 것이 바로 이것이다. 걱정 없는 마음으로   765
함께 어울려 즐거운 분위기를 완전히 만끽하는 것.
나쁜 힘들을, 늙음과 모든 것을 소멸시키는 죽음을
밤의 저편으로 몰아내 버리는 것.
무사 여신들을 섬겨 말재주에 다른 사람들에 앞선
능력이 있다면, 능력 발휘에 인색해선 안 된다.   770
이것저것을 생각해내고, 전달하고, 표현해야 한다.
자신만이 아는 보물은 아무 가치가 없기 때문이다.
아폴론 신이여, 그대 자신도 이전에 펠롭스의 아들
알카토오스[4]를 위해 높이 솟은 성을 쌓았지요.
이 나라도 그대가 몸소 이방 페르시아 군대의   775
침입에서 지켜주소서! 그래서 장차 봄이 오면

---

4 메가라의 왕.

기쁨에 찬 민족이 그대에게 육백의 소를 바치도록.
즐거운 축제에서 그대의 제단을 돌며 춤추고,
파이안[5]을, 노래하며 환호하며 뤼라에 맞추어.
나는 불안하다. 사방 무분별한 일들이 벌어져 희랍에 780
파괴적인 분열이 일어난다. 포이보스 아폴론이여,
위험에 빠진 나라를 자비로이 지켜주소서.
여행이 나를 시킬리아섬으로도 데려다주었다.
에우보이아로, 그곳 계곡에 포도나무가 푸르렀고, 그리고
갈대 싸인 에우로타스에서 위용을 뽐내는 스파르타로. 785
어디를 가든지 모두가 나를 환대해 주었다.
하나 어디에서도 즐거움이 마음 깊이 들어오지 않았다.
이제 나는 안다. 조국보다 더 소중한 것은 없다는 것을.
어떤 다른 목표로 인해 지혜와 미덕에서
멀어져서는 안 된다. 그렇게 되도록 노력하면서 나는 790
뤼라와 춤과 노래의 지혜를 즐거이 만끽하고자 한다.
나의 정신은 좋은 것들과 고귀하게 관계하기를.
모욕적 행동으로 이방인이나 같은 민족 누구에게
상처를 주지 않으며, 법의 경계를 존중하면서
너에게 기쁜 일을 하며 즐거라. 불평하는 군중들이 795
일부 너를 비난하지만 다른 이들은 너를 칭찬하리.

---

5 아폴로 찬가.

좋은 사람은 대중이 비방하고, 대중이 존경한다.
하나 나쁜 사람은 누구도 어떤 말도 하지 않는다.
인간 중 누구도 비난에서 벗어날 수 없다.
너에겐 더욱 잘된 일. 너는 소수의 눈에만 띌 것이니.　800

(811행 이하)
나는, 비록 죽음은 아니지만 타격에 고통을 받았다.
퀴르노스여, 어떤 것도 그보다 혹독하지 않을 타격에.
친구들이 나를 배신했다. 나는 이제 적들에게로 가서
거기에는 훌륭한 정신이 지배하는지 시험해 보겠다.

(825행 이하)
뭐라고? 피리 반주에 맞춰 노래를 부를 수 있다고?　825
나라의 국경을 시장광장에서 볼 수 있는 나라,
거기 과실들이 너희를 살찌우고, 축제의 향연에서
너희는 금빛 머리에 자줏빛 붉은 화관을 썼는가?
아니다, 스퀴테스여. 머리를 자르고 환호를 가라앉혀,
향기 나는 들판을 잃은 슬픔을 달래어라!　830

(847행 이하)
눈먼 대중을 발로 밟아라, 날카로운 꼬챙이로 그들을
내몰아라. 학대받는 그들의 목에 굴레를 씌워라.

그러지 않으면 너는 어디에서도 주인을 사랑하는 민족을
찾지 못할 것이다. 태양이 비추는 넓은 세상 어디에서도. 850

(865행 이하)
신은 쓸모없는 많은 인간에게 큰 재산을   865
주지만 그것이 그들에게 유익한 것도 아니며,
친구들에게 유익한 것도 아니다. 용기의 명성은
영원하다. 병사는 땅과 나라를 구한다.

(931행 이하)
사는 동안 근검이 최상이다. 유산으로 남길 재산 없이
죽는다면 누가 너를 슬퍼하며 울어줄 것인가?

(939행 이하)
꾀꼬리처럼 경쾌히 노래해야 하지만, 난 그렇지 못하다.
지난밤 포도주를 마시면서 소리를 질러 목이 상했다.   940
피리반주자를 앞세워 눙치고 싶지 않다. 예술적 능력이
없는 것이 아니라 내 목소리가 나오지 않을 뿐이다.

(945행 이하)
나는 곧고 바른길을 간다. 옆으로 꺾지 않는다.   945
나는 합당한 방식으로만 행동해야 하기 때문이다.

나라 질서를 세운다. 유익한 질서를. 하니 불의와
손잡지 않는다. 군중에게 권력을 넘겨주지 않는다.

(1023행 이하)
나는 고통스러운 적들의 속박 아래로 몸을 굽히지
않는다. 그들이 나의 머리에 산을 옮겨놓는다 해도.

(1027행 이하)
우리 인간들 가운데 나쁜 것을 성취하기는 쉽다.
좋은 것을 얻는 기술은 어렵다. 퀴르노스여.

(1041행 이하)
피리 연주자들과 함께 오라. 우린 통곡을 보며 웃으며
술 마시고자 한다. 그의 고통을 즐기면서.

(1071행 이하)
퀴르노스여! 현란한 변화로써 모든 친구를 대하라.
너를 상대에 따라 그와 같은 방식으로 맞추어라.
너 자신의 색깔을 시간과 기회에 맞추어라.
영리함은 어떤 덕보다 강력하다.

(1079행 이하)

나의 적들 중에서 좋은 사람은 비난하지 않겠다.
또 친구라도 비열한 사람은 칭찬하지 않겠다.   1080

(1087행 이하)
카스토르와 폴뤼데우케스여, 신성한 스파르타,
격류의 강을 넘어 에루로타스 계곡에서 사는 자들이여.
친구에게 고통을 준다면 고통은 내게 돌아온다.
그가 내게 그렇게 한다면, 그에겐 두 배의 고통이 닥친다. 1090

(1153행 이하)
나는 많은 재산을 원한다, 그리고 걱정 없이 살고 싶다.
다른 사람에게 폐를 끼치지 않고 경제적 어려움 없이.
나는 부를 구하거나 간청하지도 않는다. 나는 그냥   1155
어려움이 없을 정도의 적은 재산으로 살고 싶다.

(1161행 이하)
퀴르노스여, 자식에게 줄 최고의 재산은
염치뿐이다. 재산일랑 훌륭한 사람들에게 주어라.

(1177행 이하)
네가 수치를 주거나 당하지 않을 수 있다면,
퀴르노스여, 그것이 네 가치의 가장 강력한 증거다.

15 핀다로스[1]

「올륌피아 찬가」 11번[2]

인간에게 바람이 더없이 간절한 필요일
때가 있고, 하늘에서 떨어지는 물,
비 되어 내린 구름의 자식들일 때가 있다.
하나 노력이 업적을 거둘 때는, 꿀 같은 찬가들,
자손만대 칭송의 시작이   5
그러하다. 장한 위업의 충실한 증인이라.

올륌피아 승자들에게 아낌없는 찬가가
이렇게 헌정되었으니, 나의 입도
기꺼이 이를 보살피고자 한다.
하나 인간 마음이 지혜를 꽃피운 것도 신 덕분.   10
이제 들어라, 아르케스트라토스의
아들 하게시다모스야, 그대의 권투를 위해

그대 금빛 월계관 위에 달콤한 꿀의

---

1 핀다로스는 기원전 518~446년까지 활동한 테베 출신의 합창시인이다.
올륌피아 경기 등 각종 운동 경합에서 승리한 승리자를 기리는 찬가를
합창시 형식으로 노래했다.
2 기원전 476년 로크리스의 이탈리아 식민지, 소위 서쪽의 로크리스를
다스리던 아르케스트라토스의 아들 하게시다모스가 올륌피아 경기에
출전하여 권투 시합에서 우승을 차지했다. 그를 위해 지어진 찬가이다.

노래를 나는 장식하리라,

서풍의 로크리스가 낳은 자손을 생각하며.   15

축제에 참여하라, 내 보증하노니,

무사 여신들이여! 손님을 꺼리는 종족,

아름다움을 모르는 종족이 아니라,

지혜로운 창수들을 방문하리라. 이는 불여우나

포효하는 사자들처럼 바뀌지 않을 천품이라.   20

「이스트미아 찬가」 7번[3]

행복한 테베여, 고향 땅의 예전

영웅들 가운데 누가 너의 마음에 제일 큰

기쁨인가? 자바라를 울리는 데메테르 옆에

앉은, 고수머리의 디오뉘소스를 네가

찬양할 때인가? 혹 한밤중 황금으로 내리는 분,   5

제일 위대한 신을 네가 맞이했을 때,[4]   5b

그분이 암피트뤼온의 문지방을 넘어

헤라클레스의 씨로 안주인을 찾을 때인가?

---

3 이스트미아 경기의 격투기 종목에서 우승한 스트렙시아다스를 위해
지어진 승리의 찬가다. 스트렙시아다스는 테베 출신이다.
4 테베의 왕 암피트뤼온의 아내 알크메네는 제우스와 동침하여
헤라클레스를 낳았다.

혹 테이레이아스의 꼼꼼한 지혜가?
혹 말을 잘 다루는 이오알로스가?
혹 지치지 않는 창수 스파르토이가? 혹 엄청난   10
소음 가운데 아드라스토스가 많은 전우를   10b

잃고 말의 고장 아르고스로 돌아갈 때인가?
혹 라케다이몬 도리아의 식민지에 네가
확고한 닻을 내리고, 아뮈클라이를 네 자손
아이게우스의 후손들이 퓌티아를 따라 정복할 때?   15
하나 먼 옛날의 선행은
잠이 들고, 인간들은 쉬 잊게 될 것이니,

무엇이든 지혜의 더없이 높은 꽃,
찬가의 명예로운 말들에 매이지 못한 것은.
하니 이제 너는 달콤한 꿀의 찬가로   20
스트렙시아다스를 축하하라. 이스트모스의
격투기에 우승한 그를. 강하며, 기절할 만큼   22
잘생긴 그는 생김 못지않은 탁월함을 보였다.   22b

그는 제비꽃 화관의 무사 여신들로 빛난다.
같은 이름의 외삼촌과 그는 영광을 함께한다.
청동 방패의 아레스가 외삼촌을 죽음과 묶었다.   25

하나 용맹한 사내들에게 명예의 보상이 있으니,
명심하라! 전쟁의 구름 가운데 피의 폭풍을   27
사랑하는 조국을 위해 막아낸 자들은,   27b

적의 군대를 향해 파멸을 가져간 자들은
고향 사람들에게서 커다란 영광을 얻으리라!
살아서나 죽어서도.   30
디오도토스의 아들 그대는 전사 멜레아그로스를
본받아, 헥토르를 본받아,
그리고 암피아라오스를 본받아,
그대는 아름다운 꽃 같은 젊음을 바쳤다,

전열의 맨 앞에서, 최고의 전사들이   35
희망의 끝에서 전투의 혼전을 견디던 곳에서.
그들은 말할 수 없는 고통을 겪었으나, 이제 내게
대지를 흔드는 신은 폭풍의 끝에
청명한 날을 주신다. 나는 화관으로 긴 머리를
꾸미고 노래하리니, 신들의 질투가   39
방해하지 않기를!   39b

나는 매일의 즐거움을 쫓으며,   40
차분히 내게 정해진 수명만큼 노년으로

다가가리라. 누구든 우리는 모두 죽지만,
운명은 제각각이라. 다만 너무 먼 곳을 보는
사람은 신의 청동 거처에 이르기에는   44
모자랄 뿐인데. 날개 달린 페가수스는   44b

주인을 떨어뜨렸다. 천궁의 거처에 이르러   45
제우스의 회합에 함께하길 원했던
벨레로폰테스를. 정의에 어긋나는 달콤함은
처참한 결말을 준비한다.
저희에게, 황금 머리의 록시아스여,
그대를 기리는 축제,   50
퓌티아에서도 영광의 화관을 허락하소서!

「퓌티아 찬가」 8번[5]

다정한 고요의 여신, 정의의
따님, 국가를 키워내는 여신이여,
의회와 전장의
막강한 열쇠를 손에 든 여신이여!
퓌티아의 승자 아리스토메네스의 인사를 받으시라.   5

---

5 퓌티아 경기에서 기원전 446년 아이기나 출신의 아리스토메네스가 씨름
경합에서 우승을 차지했다. 그를 위해 지어진 찬가이다.

당신은 친절을 베풀 줄도 받을 줄도
아시는 분, 정확한 때를 놓치지 않고.

하나 당신은, 누군가 화해 없는 증오를
마음속에 가득 채울 때면,
사납게 적들의 난폭함에   10
대항하여, 오만함을
수장시켜 버린다. 당신을 알지 못한 포르퓌리온은
분에 넘치게 당신을 도발하였다. 최선의 이익은
기꺼이 주려는 집에서 얻은 것이다.

폭력은 교만도 때가 되면 추락시킨다.   15
킬리키아의 일백 머리 튀폰도 피하지 못했고,
거인족의 왕도 마찬가지였다. 하나는 벼락을 맞고,
하나는 아폴론의 화살을 맞고 쓰러졌다. 아폴론의
호의를 받은 크세나르케스의 아들은 키라에서 돌아와
파르나소스의 푸른 잎과 도리아 행렬로 축하받는다.   20

우아의 여신들이 멀리하지 않는
정의의 도시는 아이아코스 자손들[6]의

---

6 펠레우스는 아이아코스의 아들이고, 아킬레우스는 손자다.

널리 이름을 떨친 탁월함에
도달한 섬이다. 섬은 처음부터
완벽한 명성을 얻었다. 섬은 수많은 경합과   25
숨 가쁜 전투에서 최고의 영웅들을
양육하였다 노래 불린다.

한편 섬은 인간들로도 유명하다.
하지만 나는 시간이 없다. 모든 것을
길고 긴 노래로 늘어놓으며   30
칠현금과 부드러운 노래로 부를 시간이.
지루함을 부추길까 두렵다. 발 앞에 떨어진
내 빚은, 소년아, 네 최근의 위업을
내 기술로 날개를 달아주는 것.

너는 씨름에서 외삼촌들에 못지않았다.   35
올림피아에서 테오그네토스에 못지않았고,
이스트미아의 강력한 승자 클레이토마코스에.
너는 메이딜로스 집안을 드높여 예언을 이루었다.
지난날 오이클레스의 아들[7]이 일곱 성문의

---

7 암피아라오스는 아르고스의 왕으로 아드라스토스와 함께 아르고스를
다스렸다. 그는 예언자로 유명하다. 알크마이온의 아버지다.

테베에서 창을 든 그 집안의 아들들을 보고,   40

아르고스에서 후손들이 두 번째 테베
원정길을 떠나왔을 때 그가 했던 예언을.
그들이 싸울 때 그는 이렇게 말했다.
"자연의 이치, 선조들의 용맹이
아들들에게서 확연하다. 분명하게 나는 본다.   45
알크마이온을, 빛나는 방패 위의 눈부신
용을 휘두르며 카드모스의 문앞에 선 그를.

예전 원정의 상처로 병을 앓고,
이번엔 성공하리라는 새의
전언에 사로잡힌   50
영웅 아드라스토스. 집안 때문에
시련을 겪으니, 오직 다나오스 원정군 가운데
그만이 죽은 아들의 뼈를 모아, 멀쩡한 백성들과
신들의 운명에 따라 돌아오리라,

아바스[8]의 길 넓은 대로를 따라." 이렇게   55
암피아라오스가 말했다. 기뻐하며 나도

---

8 아드라스토스의 할아버지로 아르고스의 왕이었다.

알크마이온에게 화관을 던지고 찬가를 붓는다.
내 이웃이며 내 재산의 수호자이기 때문이다.
내가 노래 가득한 대지의 배꼽을 찾았을 때
그는 물려받은 점술로 내게 예언하였다.   60

그대, 멀리 쏘는 분[9]이여, 모두에게 열린
유명한 성소, 퓌톤의 바위틈을
주관하는 분이여,
그곳에서 당신은 더없이 큰 기쁨을
허락하였고, 고향의 그대 축제에서는 이미   65
오종 경기의 열망하던 선물을 선사하였으니,
이제 왕이여, 기꺼운 마음으로 비오니,

제가 가는 어디에서나 모든 것에서
당신 뜻에 하나 됨을 보게 하소서.
달콤한 노래의 행진에는   70
정의의 여신이 함께한다. 신들의 시기 없는
호의를 그대 행운에 기원한다. 크센아르케스[10]여!
만약 누가 큰 수고 없이 성공을 거둔다면,

---

9 아폴론의 별칭이다.
10 아리스토메네스의 아버지다.

많은 이들은 그를 바보들의 현자라고,

좋은 꾀로 삶을 감쌌을 뿐이라 여긴다.   75
하나 이는 인간이 아닌 신의 뜻에 달렸다.
때로 높은 곳에 던지고 때로 손 아래 놓는다.
절제를 배워라! 메가라에서 너는 상을 받았고,
마라톤의 구석에서도, 고향 땅 헤라의 경기에서도
능력으로, 아리스토메네스여, 삼관왕이었다.   80

너는 상대방 네 명의 몸 위에
사나운 마음으로 몸을 던졌다.
이들에게 내려진 귀향은 그대와 같이
퓌티아에서 기쁨 가득한 귀향이 아니었다.
돌아온 이를 위해 모친들 곁에서 달가운 웃음이   85
피어나지 않았다. 적들을 피해 뒷길로
몸을 숨겼다, 불운에 완전히 굴복하여.

하나 위업을 새로 이룩한 자는
더없이 아름답게 커다란
희망으로 날아오른다,   90
사내다움의 날개를 달고. 재물보다
더욱 강력한 것을 마음에 품고서. 사람들에게

기쁨이 넘치는 것은 잠시, 다시 땅으로 떨어져
바뀐 운명에 버림받는다.

하루살이여, 무엇이고 무엇이 아닌가? 그림자의 꿈,   95
그것은 인간. 신이 허락한 영광이 다가오면
인간들은 밝은 빛과 부드러운 세월을 누린다.
사랑하는 조국 아이기나여, 자유의 항해에서
이 도시와 함께하소서! 제우스와 통치자 아이아코스,
펠레우스와 용감한 텔라몬과 아킬레우스와 더불어.   100

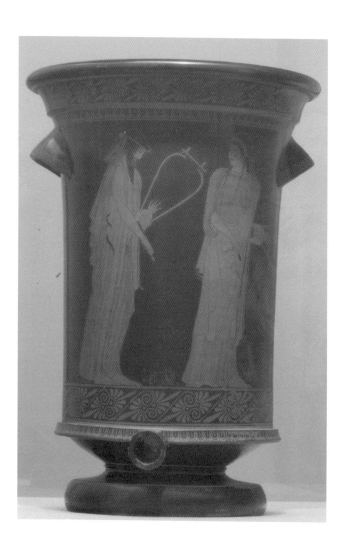

알카이오스와 사포(기원전 480년경)

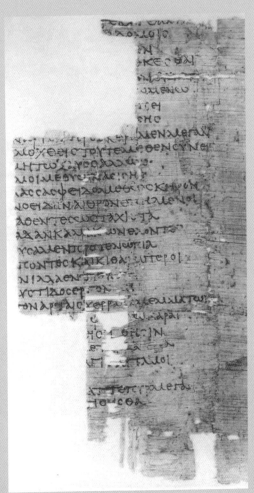

알카이오스의 시가 적힌 2세기경의 파피루스

테오그니스(5세기경)

고대 희랍의 노래들

김남우

희랍 서정시는 호메로스의 서사시 시대 이후, 본격적인 아티카 비극 시대가 시작되기 이전인 기원전 7세기에서 기원전 5세기까지 희랍 본토와 식민지들에서 널리 유행했다.

언어적으로 희랍 서정시에는 이오니아, 아이올리아 방언을 비롯하여 도리아 방언과 아티카 방언, 보이오티아 방언까지 희랍의 여러 지역 언어가 쓰였다. 예를 들어 사포와 알카이오스는 아이올리아 방언으로, 핀다로스는 주로 도리아 방언으로, 솔론은 아티카 방언으로 노래했다.

희랍 서정시들은 형식적으로 비방의 얌보스, 비탄의 엘레기, 뤼라 반주의 멜로스 등으로 구분된다. 기원전 3세기 알렉산드리아 학자들은 다음과 같이 희랍 서정시인들을 분류했다. 사포, 알카이오스, 알크만, 아나크레온, 이뷔코스, 핀다로스, 시모니데스 등은 대표적인 멜로스 시인으로 구분했다. 아르킬로코스, 칼리노스, 튀르타이오스, 밈네르모스, 테오그니스, 솔론 등은 엘레기 시인으로 나뉘었다. 다시 한번 아르킬로코스는 얌보스 시인이기도 한데, 세모니데스, 히포낙스 등이 얌보스 시인에 속했다.

내용적으로 박코스과 아폴론 등을 찬양하는 신들의 찬가, 올륌피아 경기 등에서 승리한 사람을 상찬하는 승리의 찬가, 정적 등을 공격하는 비방과 욕설의 노래, 축제의 기회에 불렸던 결혼식의 노래, 장례식의 노래, 정치적 목적으로 활용된 노래 등이 있다. 또 길거리 행진에서 불린 행진의 노래, 소녀 합창대로 구성된 소녀들의 노래 등으로 구분되기도 한다.

시메온 솔로몬, 「미틸레네 정원에서 사포와 에린나」(1864)

2500년이 우주에서 하루는 될까

황인숙

기원 전 7세기에서 5세기의 열다섯 희랍 시인이란다.
아르킬로스, 사포, 세모니데스, 히포낙스, 솔론, 아나크레온,
시모니데스, 테오그니스, 핀다로스……. 과문한 나도 들어본 적
있는 이름이 많다. 그러나 천문학에 어두운 사람한테는 하늘의
이름난 별도 그렇듯 막연하고 묘연하기만한 시인들이었는데, 이제
살짝 핥듯 그 광휘를 맛보았다. 그리스의 기록문화 대단하다.
'(이하 8행 판독 불가), (1~2행 내용 미상)' 등의 표기로 알 수
있듯이 간간 시간의 손자국이 보이지만 ─ 그래서 애틋한 감흥을
더한다 ─ 약 2500년 전이면 인도에서 석가가 태어난, 전설처럼
먼 옛날 아닌가.

어떤 시대의 인간 정신을 연구하는 '심성사'라는 역사학
분야가 있단다. 『고양이 대학살』의 저자 로버트 단톤의 경우
프랑스 혁명 이전의 문헌들을 뒤지면서 혁명 이전과 혁명 이후
사람들의 감정의 세계, 즉 심성이 매우 다르다고 느꼈다고 한다.
미시적으로는 그렇기도 하겠지만, 이 시집을 읽으면서 내가 자주,
그리고 강하게 느낀 건 2500년이라는 시간의 간극이 있는데도,
당시 사람과 현대인의 생각이나 느낌에 공통점이 많다는 것이다.
시간의 마모를 이겨내고 살아남은 이 시들을 보니 인간 정서의
고갱이, 인간의 본원적 정서와 삶의 지혜는 변하지 않는 것 같다.

가령 1389행에 이르는 문집을 남겼다는 테오그니스가 친구
아들이자 사랑하는 제자인 퀴르노스에게 들려주는 교훈시에는
고대 시민만이 아니라 현대 시민이 갖춰야 할 덕목과 세상
돌아가는 이치와 처세술이 듬뿍 담겨 있다.

제우스도, 비를 뿌려도 뿌리지 않아도, 모두를 기쁘게
하지 못한다. (……)
쓸쓸하고 달콤해야 한다. 하인과 노예를, 또 이웃을
대할 때에도. (……)
'혹독한 고난이 네게 닥쳤는지 보이지 말라. 왜냐하면
고통의 무게를 보인다면 위기의 너를 도와 줄 자 없으리라.
(……)
정신 맑은 사람들 속에서 술 취한 것은 세련되지 못한
일.
술자리에서 정신이 맑은 것도 세련되지 못한 일. (……)
때때로 탁자에서 일어나라. 배에 굴복하지 마라.
그런 일은 순간만을 사는 노예들에게나 맡기라.

소셜 미디어 시대인 현재를 연상시키는 구절도 있다.

좋은 사람은 대중이 비방하고, 대중이 존경한다.
하나 나쁜 사람은 누구도 어떤 말도 하지 않는다.

좋은 사람에게 버릇처럼 '악플'을 다는 사람은 나쁜 사람인 건
물론 시시한 사람인데, 그런 사람의 글을 읽기 위해 '로그인'도
하기 싫은 법.
다음 구절은 애제자에게 전하기에 좀 그렇다.

대지의 인간에게 더없이 좋은 일은 태어나지 않는 것,
뜨겁게 타오르는 햇빛을 보지 않는 것이다.
일단 태어났다면 서둘러 하데스의 문을 통과하는 것,
넉넉한 흙을 뒤집어쓰고 있는 것이다.

이 염세주의의 큰 원인은 가난인 것 같다. 이 시집 속의 다른

시인들 작품에도 가난을 힘겨워하고 돈을 갈구하는 구절이 많은 걸 보니, 돈이 신인 역사는 그토록 오랜 것인가.

사포의 시에서만은 가난에 대한 언급이 없다. 사포의 최대 관심사는 사랑이다. 그이의 신 아프로디테가 묻는다.

> 누구로 하여금 내가 다시
> 너를 사랑하도록 만들어야 하는가? 너에게
> 불의한 자가 누구냐, 사포여

이 구절을 쓰면서 사포도 킬킬 웃었을 것 같다. '내 사랑을 뿌리쳐? 이런 불의한 자 같으니라고!' 문득 아리송하다. 플라톤이 사포를 '제 10의 뮤즈'라 일컬었다는데, 사람한테 인간이 다다를 수 없는 영역에 있는 뮤즈라 했으니 극찬이겠지만, '여혐' 발언 같기도 하다. 뮤즈는 시인에게 영감을 주는 존재지, 시인이 아니지 않은가.

> 나는 백성에게 넉넉할 만큼의 권한을 주었다.
> 나는 그들 권한의 일부를 빼앗지도 보태지도 않았다.
> 사람들이 보기에 부유하기까지 한 권력자들에게,
> 나는 그들에게 마땅한 것만을 주었다.
> 나는 양자에 맞서 내 권한의 방패를 세워 막았노니
> 정의에 맞서 그들 가운데 한쪽이 승리하지 못하게.

아테네의 현인이라 불리는 솔론의 시구다. 개혁 정치가이기도 한 이 호방하고 현명한 시인은 민중과 귀족 양쪽에서 비난을 받았는데, "폭력과 정의가 하나로/어우러진 권력에 따라 나의 약속을 지켰다."라는 구절은 필경 민중에게 더 독했을 것 같은 '폭력'을 권력의 방편으로 떳떳이 밝히는 그 시대의 야만에서 지금 우리는 얼마나 멀까를 생각해보게 한다.

그 유명한 시인 핀다로스는 「퓌티아 찬가 8번」에서 이렇게 노래했다. "하루살이여, 무엇이고 무엇이 아닌가? 그림자의 꿈, / 그것은 인간." 고대 시인들의 시를 읽고 나서 자못 숙연히 '인간은 필멸이나 시는 불멸이다.'라고 뇌고 싶지만, 2500년이란 시간이 우주에서 하루는 될까.

옮긴이 　김남우

연세대학교 철학과를 졸업하고 서울대학교 서양고전학협동과정에서 희랍 서
정시를 공부했다. 독일 마인츠대학교에서 로마 서정시를 공부했고, 정암학당
연구원으로 서울대학교 등에서 희랍, 로마 문학을 가르치고 있다. 키케로의 『설
득의 정치』, 『투스쿨룸 대화』, 에라스무스의 『격언집』, 『우신예찬』, 토머스 모
어의 『유토피아』, 니체의 『비극의 탄생』, 베르길리우스의 『아이네이스』, 호라
티우스의 『카르페 디엠』 등을 번역했다.

세계시인선 29 　고대 그리스 서정시

1판 1쇄 펴냄 2018년 8월 25일
1판 2쇄 펴냄 2024년 7월 22일

지은이 　아르킬로코스, 사포 외
옮긴이 　김남우
발행인 　박근섭, 박상준
펴낸곳 　(주)민음사

출판등록 1966. 5. 19. (제16-490호)
주소 　서울시 강남구 도산대로1길 62
　　　강남출판문화센터 5층 (06027)
대표전화 02-515-2000 팩시밀리 02-515-2007
www.minumsa.com

ⓒ 김남우, 2018. Printed in Seoul, Korea

ISBN 978-89-374-7529-0 (04800)
　　　978-89-374-7500-9 (세트)

세계시인선 목록